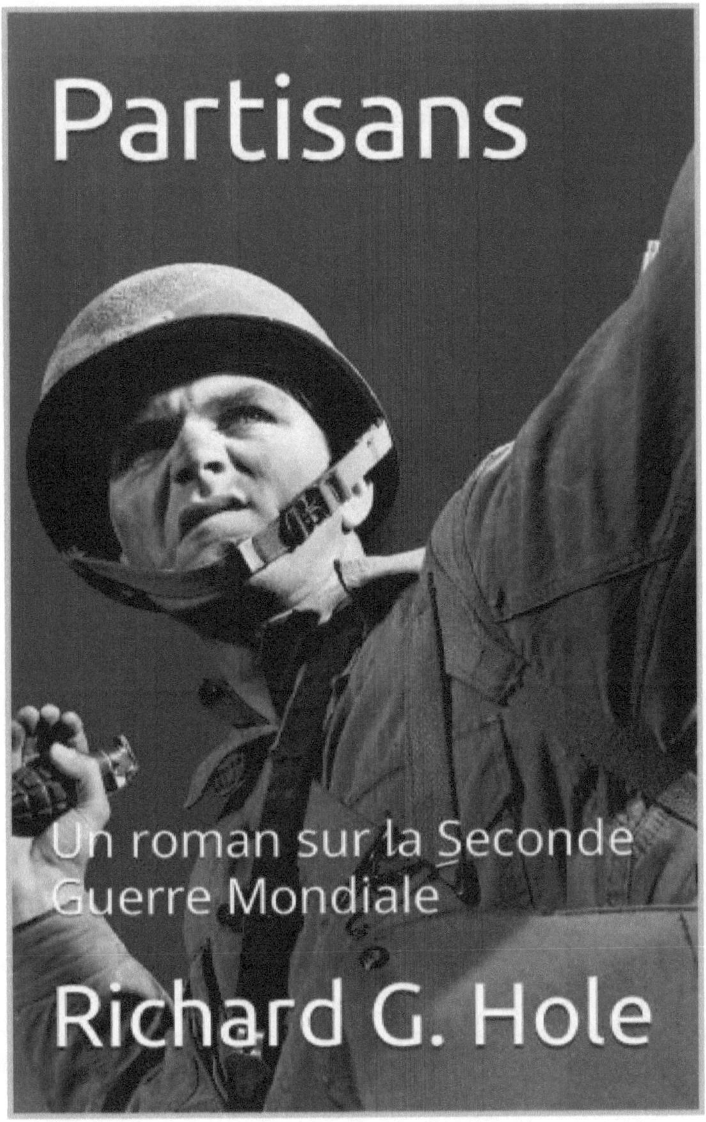

Partisans

Un roman sur la Seconde Guerre Mondiale

Richard G. Hole

Partisans

Un roman sur la Seconde Guerre Mondiale

Richard G. Hole

La Seconde Guerre Mondiale

SYNOPSIS

Ce matin-là à Sofia, les journaux ont officiellement annoncé que la Bulgarie avait signé le Pacte tripartite. Le roi Boris soutint, comme la Hongrie et la Roumanie, les troupes de l'Anchluss, l'empire fasciste et l'empire japonais.

La presse parla également de l'accord secret conclu vingt jours auparavant par le maréchal allemand Von List et les généraux de l'armée bulgare, qui accordait aux troupes hitlériennes le libre passage à travers les territoires balkaniques dans leurs campagnes contre la Yougoslavie et la Grèce.

Six cent quatre-vingt mille soldats allemands traverseront la Bulgarie...

Partisans est une histoire appartenant à la collection Seconde Guerre Mondiale, une série de romans de guerre développés pendant la Seconde Guerre Mondiale.

PARTISANS

PRÉFACE

La matinée était splendide. Pas un coup de vent, pas un seul nuage... sur la ville de Sofia. La capitale bulgare s'est beaucoup modernisée ces dernières années, malgré les événements politiques, même si maintenant les choses prennent une tournure plus sérieuse.

D'un bout à l'autre de la ville, dans chaque bouche, dans chaque geste, le fantôme terrifiant, la guerre, était symbolisé.

Les mères, en caressant leurs petits, se demandaient mentalement : la guerre le tuera-t-elle ? Les ouvriers, en construisant une maison et en observant leur travail avec admiration, murmuraient avec résignation : Tant que la guerre ne la détruira pas. Enfin, les écoliers disaient avec l'enthousiasme de l'ignorance : « Quand la guerre viendra et que nous serons des soldats.

Personne ne voulait la guerre, mais tout le monde l'acceptait comme inévitable.

Et ce matin-là, sur une grande place, devant le roi Boris et plusieurs représentants d'Hitler et de Mussolini, le soleil brillait des milliers de casques, immobiles, attendant un ordre.

L'armée bulgare était prête pour le grand défilé. De grandes banderoles à rayures blanches, vertes et rouges étaient accrochées aux balcons et aux tribunes. De même, en signe d'amitié, des croix gammées, des svastikas et des symboles fascistes s'y mêlaient.

Des trompettes et des clairons retentirent. La cavalerie en tête du défilé s'éloigna. Des coursiers fougueux mêlaient le son de leurs sabots rythmés au rythme des tambours.

Ensuite, c'était l'infanterie, les bottes à crampons, le bruit métallique de ces hommes, le pas robuste, commençaient à remplir l'esprit de la foule de sombres pensées.

1

Julian Nosdrev avait entre les mains une bouteille de liqueur « Mastika ». C'était un garçon grand et robuste, avec des cheveux noirs abondants, des traits très blancs et fins, une expression malicieuse et une petite barbe, qui complétaient son apparence de bohème. Il fixa ses camarades de classe, tous des étudiants comme lui.

Julián déboucha la bouteille et versa à chacun un verre.

"Qui a encore des doutes sur ce qu'il faut faire ? Allons-nous être les jouets d'Hitler ? Allons-nous laisser les instructeurs allemands nous dire quoi faire ? Nous avons été un peuple libre et nous avons vécu en paix. Maintenant, nous avons l'intention de nous allier nous-mêmes avec ce fou à la moustache en brosse qui mènera son pays et ceux qui veulent le suivre à la destruction totale. Vous ne pouvez pas menacer le monde entier !

"Mais nous ne devons pas ignorer que le peuple est enclin aux nazis", a soutenu l'un des étudiants.

Julien a ri.

« Le village ? Le peuple ne dit rien, le peuple se tait et reste prudent. Ils feront la guerre sans protester, ils mourront sans protester, et ils laisseront les alliés occuper le pays jonché de ruines.

Et que pouvons-nous faire? Nos efforts seraient vains.

Inutile? Il y a des milliers d'étudiants, des centaines d'influenceurs et d'anti-nazis qui soutiendraient nos plans. Heureusement, notre pays est couvert de montagnes, ce qui facilitera notre action de guérilla.

« Et pensez-vous que nous pouvons éviter la guerre ?

"Peut-être. Il y a deux manières de le faire. La première, que notre rébellion provoque parmi le peuple une atmosphère de mécontentement envers les dirigeants et que, transformant cela en une révolte populaire, nous obtenons la destitution du roi et l'annulation de la traités avec Hitler.Le second, pour semer un climat défaitiste dans les rangs de l'Armée...

« De quelle manière ?

« Enrôler des volontaires puis inciter nos collègues à déserter.

« Et tu pourrais très bien faire ça, n'est-ce pas, Julian ? Ca marche dans la famille...

Celui qui avait ainsi parlé regardait le jeune homme avec des yeux provocateurs et hostiles. C'était Routschouck, un solide individu d'origine valacienne, qui sans doute ne supportait pas que Julian Nosdrev, le fils d'un lâche, soit à la tête du groupe.

Julian serra les mâchoires et se leva. Ils étaient dans la section d'une taverne, où en d'autres occasions ils avaient fait de longues parties de cartes, et qui était maintenant une scène fréquente de leurs réunions politiques.

« Tu n'aurais pas dû dire ça !

Le jeune homme cassa la bouteille en deux contre le bord de la table. Puis il l'a utilisé comme une arme de fortune et a essayé de se rapprocher de son rival.

« Vous allez avaler vos mots.

Routschouck pâlit.

« Tout le monde sait que c'est vrai ! Ton père était un lâche !

Les compagnons évitaient cette rencontre qui aurait été sanglante.

Nicolás Vidin, le meilleur ami de Julián, est intervenu :

« Nous sommes tous d'accord avec vous. La guerre doit être évitée par tous les moyens. Routschouck a procédé d'une manière enfantine. Ne tenez pas compte de leurs paroles. Nous sommes à vos côtés.

Julian serra la main du jeune homme.

"Merci, Nicolás ! Préparez tout pour demain, selon les instructions reçues...

"Accepter !

Quand ils se sont séparés, Julián a erré dans de longues ruelles sombres, alors qu'il se dirigeait vers l'auberge, se demandant s'il devait dire quelque chose à sa petite amie à propos de tout cela.

Elle avait le droit de savoir !

Mais non... Il s'était juré de ne révéler le plan à personne. Pas même la personne qu'il aimait le plus au monde.

La vie et la liberté des autres... personnes dépendaient de ce secret.

* * *

Julian consultait fréquemment sa montre. Il était très nerveux et n'a fait aucun effort pour le cacher. La terrasse du café était complètement infestée de monde. Julian avait choisi une table un peu discrète dans un coin, et son verre à gin était déjà vide. Il répéta impatiemment le verre.

Lisa était en retard !

Au centre de la terrasse, un gitan chantait des chants patriotiques à l'aide d'un accordéon. C'étaient de vieux hymnes, des marches guerrières d'autrefois, des souvenirs de l'ancienne Bulgarie.

Près du chanteur, des hommes blonds discutaient et éclataient de rire. Ils faisaient partie du personnel qui composait l'ambassade du IIIe Reich. Tous, bien que portant des chapeaux et des vêtements civils, portaient une petite ceinture rouge avec la svastika sur leurs bras.

Ils avaient vidé une bouteille de « slivovitza » et, invitant la bohémienne à les accompagner de l'accordéon, ils entamèrent le « Nach Paris » d'une voix épaisse.

Enfin, au milieu du flot des passants, il vit quelque chose qui calma ses nerfs et un sourire apparut sur son visage.

L'image d'une fille grande et élégante est apparue devant les yeux des hommes et, par ironie cruelle du destin, elle semblait plus belle et désirable que jamais.

La jeune femme vit immédiatement son petit ami et d'un pas déterminé elle se dirigea vers leur table. En passant devant les Allemands à moitié ivres, il entendit nonchalamment des sifflements et des rires d'admiration.

Etrange peuple du Nord ! Ils ne se réjouissaient de rien et, pire encore, ils se sentaient supérieurs à ces Européens de l'Est.

« Comment vas-tu, Julien ?

"Pas très bien.

"Jeter?

« Là, sur cette table, tu as l'échantillon... Ils sont gentils avec toi ?

« Indifférent. Et vous ?

"Je les déteste.

Julien regarda autour de lui. C'était inconfortable. La veille, deux étudiants avaient tenté de saboter l'ambassade nazie avec des bombes artisanales. L'un d'eux avait été abattu par les gendarmes. L'autre, accusé d'être anarchiste, serait jugé par une cour martiale.

Le jeune homme fit signe à sa petite amie.

" Partons d'ici.

« Pourquoi ? Qu'est-ce qui t'arrive ?

"Je ne me sens pas bien...

Julian jeta un dernier regard sur les touristes "nazis". De quoi la Bulgarie devait-elle les remercier ? La capitale finirait-elle par n'être qu'un autre jouet de la Wehrmacht ? Hitler leur a fourni des "Mausers" à la pointe de la technologie, des batteries Krupp, des chars "Panzer"...

L'important était d'avoir un satellite de l'Axe de plus.

Ils s'étaient éloignés du centre-ville.

Ils marchaient lentement, pensant, se parlant à peine. Julian a continué à montrer la grimace de mauvaise humeur et a essayé de contrôler ses nerfs.

"Que t'es-t-il arrivé?

"Je suis très inquiet.

"Pourquoi?

"Mon cher... Il nous sera commode de nous séparer un moment...

« Qu'est-ce que tu dis ? Nous séparer ?

Julien soupira.

"Oui.

"Pourquoi?

« Je ne peux pas vous l'expliquer maintenant.

Lisa fixa l'homme qu'elle aimait.

"Dis-moi... Est-ce que ça veut dire que tu ne m'aimes plus ?

Quelque chose à l'intérieur du jeune homme lui assura que c'était une magnifique occasion de terminer les choses en beauté. Ils se diraient au revoir sans larmes et elle ne souffrirait pas de son absence ni ne craindrait pour sa vie. Était-il capable d'un tel sacrifice ? Pourrait-il renoncer à son amour ? Peut-être ne reviendrait-il jamais des montagnes, et il n'y avait rien à voir avec le fait de retenir une fille ne manquant pas de prétendants...

Julian se sentit lâche. Comment pouvait-il se mentir ?

« Tu sais bien que je t'aime, Lisa...

"Puis?

Le jeune homme, devant cette persistance, hanté par ces yeux bridés et expressifs, céda dans son silence.

« Je dois sortir d'ici.

« Partir ? Où aller ?

"Aux montagnes.

"Je ne comprends pas.

"C'est facile à comprendre. Nos amis allemands veulent nous entraîner dans le chaos, dans la guerre la plus sanglante et la plus absurde de tous les temps.

« Penses-tu vraiment qu'il y aura la guerre ? Ici?

"Je suis sûr...

Maintenant, ils traversaient les jardins solitaires qui s'étendaient devant la façade gracieuse d'une église orthodoxe. La grande masse, avec sa coupole hémisphérique, les chapiteaux cubiques, les mosaïques et les peintures murales, donnaient une impression de grande splendeur... Ils s'assirent sur un banc de pierre. Tout nous invitait à rester dans cette paix délicieuse, prélude d'un drame.

Et que va-t-il se passer ?

"Qui sait!

« J'ai peur, Julian... Si tu m'aimes vraiment, partons tous les deux très loin, hors de ce pays... En Turquie...

« Que dites-vous ? Pensez-vous que je peux être aussi égoïste ? Ne connaissez-vous pas l'histoire de mon père ?

"Ton père?

"Oui. C'était un lâche...

Un pape prêtre passa devant le jeune couple et le salua poliment d'un geste. Il était enveloppé d'une longue robe et portait une mitre en tissu. La gentillesse se reflétait sur son visage. Cela fit s'exclamer Julian.

Pourquoi Dieu permet-il les guerres ?

« Ils sont une punition. Tant que l'homme existera, il y en aura.

"Vous avez raison.

Ils se turent. Julian a commencé à se souvenir de l'histoire de son père. Il l'avait entendu tant de fois et dans tant de détails...

2

Janvier 1916. Pleine guerre européenne. Les troupes du Kaiser, animées d'un fanatisme pangermaniste et d'une soif de pouvoir, se sont lancées dans l'aventure folle et absurde de la conquête du monde.

Rives bulgares du Danube, presque désertes avec des pentes nues. Là, non loin d'un petit village construit avec des maisons en bois, un étrange rassemblement a lieu. Un groupe de cavaliers de l'armée française s'approche du rivage, faisant évoluer les troupeaux de corbeaux noirs et de vautours gris, qui se déplacent effrayés sur les eaux.

Quelque 300 guerriers albanais et bulgares les ont rencontrés. Les autres étaient restés au village. Les chefs des deux camps tombèrent à terre.

Sergio Nosdrev serra la main de l'officier français et ils s'accroupirent tous les deux à la turque, allumant des cigarettes.

« Tabac bulgare ! Nosdrev sourit. De la meilleure qualité !

« Blond comme les cheveux d'un Suédois et parfumé comme un parfum arabe. Excellent! Je vous félicite!

"Eh bien. Laissons tomber les compliments et allons droit au but...

Sergio Nosdrev a enlevé son chapeau de fourrure velu et s'est gratté la tête.

"D'accord. Droit au but...

« Vous savez, mon cher ami, que les autres chefs de « comitadjis » sont à la solde des Autrichiens et des Allemands. Seuls mes hommes, le parti de Sergio Nosdrev, restent neutres, sans avoir décidé de quel côté il combattra. Cette indécision augmente le prix de moi et de mon peuple. Accepter?

Le capitaine français hocha la tête :

« J'y ai déjà pensé.

Le militaire observa attentivement son interlocuteur. C'était un homme solennel et sale, avec le profil d'un aigle, une longue barbe, une tunique de soie aux manches brodées d'or délavé et une ceinture serrée de couleurs vives, arborant poignards et pistolets en véritable arsenal.

Le Français portait une liasse de billets sous sa tunique.

Ils ont vite accepté !

Il s'agissait de billets de banque de la Banque de Grèce. Sergius Nosdrev recevrait une centaine de drachmes d'argent chaque mois, plus une drachme quotidienne pour chacun de ses hommes...

« Tout cela en échange de l'exécution d'une mission importante contre les troupes du Kaiser.

— Je vous jure, je tiendrai parole, monsieur le capitaine.

"Je vous fais confiance. Si sa mission échouait, des milliers de soldats alliés mourraient. Anglais, Canadiens, Français, Australiens...

« Ne vous inquiétez pas et gagnons du temps. Quelles sont vos consignes ?

Le Français déplia une carte.

« Voici le village de Valisi. La flotte alliée prépare une offensive par mer, et pour cette raison les Allemands ont débarqué dans ladite ville des batteries Krupp, trois canons côtiers capables de couler le meilleur de nos cuirassés.

« Et notre mission ?

« Il s'agira de prendre d'assaut le village. Il n'y a qu'environ deux cents hommes campés à Valisi, tandis que les travaux de chantier se préparent et que les ingénieurs étudient les points stratégiques de la falaise. Ce doit être un combat sans quartier.

« Et les canons ?

« Ils finiront au fond de la mer.

"D'accord. Nous allons essayer...

"Essayer ne suffit pas.

Nosdrev haussa les épaules.

« Je serai le premier déçu si nous échouons.

"Des questions?

Le Bulgare secoua la tête.

Les hommes avancent dans le noir, lentement, fatigués. Ils ont passé la journée à rouler. À la périphérie de Valisi, vous pouvez voir les tentes en toile du camp allemand.

Voici le but.

Pas de quartier !

Sergio Nosdrev portait le fusil sur son épaule. Lentement, il visa la sentinelle. Le dossier était clair et faisait briller son casque prussien, dessinant nettement sa silhouette.

Cela ne pouvait pas échouer.

Tournage.

La sentinelle tomba sans vie.

Avec des cris effroyables, les guérilleros se jetèrent sur le camp. Les Allemands, pris dans leurs couchettes, eurent à peine le temps de se défendre.

Une comète a été entendue jouer pour que les lignes prussiennes se rétractent au centre. Le bruit formé par les cris, les gémissements et les coups de fusil est devenu infernal.

Soudain, une mitrailleuse s'est mise en marche.

Sergio sentit une balle lui passer à la tête.

Ce cliquetis inattendu, cette grêle de balles sur ses épaules le rendaient fou.

Deux autres mitrailleuses ont immédiatement été entendues.

Pour tous les diables !

Le chef de la guérilla se sentait en proie à la peur.

« Fuyons ! Retrait !

Et jetant ses armes, il s'enfuit. C'était une évasion sauvage qui serait sa perte.

Un groupe de « comitadjis » le suivait.

La panique a été provoquée parmi les montagnards.

D'autres guérilleros ont fui. C'était une chaîne.

Après les mitrailleuses, les mortiers ont été lancés. Deux ou trois projectiles et les « comitadjis » ont été décimés.

Puis la chasse.

De longs fusils munis de baïonnettes sont entrés en jeu.

Des soldats autrichiens, allemands, hongrois, bulgares et prussiens se jettent dans une soif de vengeance.

La poursuite fut courte. Sergio Nosdrev a été touché par une baïonnette au ventre. Son adversaire l'a clouée jusqu'à la garde. Sergio poussa un cri de terreur. Avec des yeux fous, il pensa au fils et à la femme qu'il laissait là dans les Balkans.

Le soldat a appuyé sa botte droite contre la poitrine de sa victime et a tourné la baïonnette à l'intérieur de la blessure pour l'enlever.

Sergio est resté sans vie, dans la mare de son propre sang.

Le combat était terminé.

Seules les voix allemandes pouvaient être entendues.

« Ergebt euch !

***

Julian a continué à méditer sur l'histoire de son père. Vingt ans auparavant, cet homme avait causé la mort de ses hommes en étant envahi par la peur. Est-ce qu'il lui arriverait la même chose ? Voudriez-vous effacer la tache noire de votre famille ?

Toute la nuit, il n'a pas pu dormir. Il attendait avec impatience des nouvelles des autres groupes partisans. Les idées l'assaillaient et il était très nerveux.

Il se souvint de l'entretien avec Lisa.

La fin avait été froide. La jeune femme, en apprenant les intentions de Julian, avait été déçue.

« Je ne veux pas de héros ! "avait dit". Je veux juste un petit ami et plus tard un mari.

Il était six heures du matin. Julian a sauté du lit. Il descendit au bar. Les murs étaient couverts d'affiches demandant des volontaires.

"Vous voulez?

« Un whisky... Je peux téléphoner ?

"Bien sûr.

Julian hésita avant de le faire. Puis il se souvint du froid au revoir à sa petite amie. Il devait lui dire au revoir et ne pas la laisser dans le doute.

Il composa un numéro et attendit.

« Êtes-vous Lisa ?

"Oui.

« Je suis Julien.

« Ah ! On se verra aujourd'hui ?

"Non. Je pars dans quelques heures.

"Quand reviendras-tu?

"Je ne sais pas. Je t'aime.

"Moi aussi. Je t'attendrai.

Julian raccrocha et poussa un profond soupir.

Sa vie allait changer d'un moment à l'autre. Il cesserait d'être l'étudiant pour devenir un jouet de guerre de plus. Terrible fantôme !

Quelques instants plus tard, Julian marchait d'un bon pas le long d'une avenue. Il avait reçu l'avertissement, le bon mot de passe. A travers son récepteur radio, le « speaker » de Radio Sofía avait déclaré :

« Nous avons commencé notre émission avec de la musique 'jazz'.

Puis il consulta sa montre. Six heures. C'était le mot de passe... Vingt-quatre heures après cet appel, tous les partisans devaient être à destination.

Près de la gare, il entendit un grand bruit et leva les yeux vers le ciel. Une formation de Junkers trimoteurs a survolé la ville.

La guerre approchait à pas de géant.

Soudain, dans un coin, il s'arrêta sur quelque chose qui attira son attention.

Dans une élégante voiture noire et escorté par quatre automobilistes de l'armée bulgare voyageait un individu aux traits orientaux : l'ambassadeur du Japon.

C'était le dernier disparu. La Bulgarie était liée aux pays de l'Axe.

3

Le chemin de fer roulait vertigineusement, semblait-il, à cause du balancement diabolique et de l'épais rideau de pluie qui martelait les vitres.

Mauvais temps!

Il y a eu un gros accident et les voitures se sont éteintes. Or, devant les yeux de Julien, sous l'éclat des rayons, ces lieux de la vraie Bulgarie apparaissaient.

De façon fantomatique, sous la tempête, les forêts de pins, de chênes et de hêtres ont suivi. Puis la plaine nue.

Confortablement assis, Julian continuait de fixer machinalement la vitre, mais sa pensée était loin.

Comment finirait votre aventure !

Est-ce que je mourrais dans l'anonymat ? Trahirais-tu tes amis ? Serait-il abattu comme espion par une patrouille allemande ?

Que lui réservait le destin ?

Il fumait une cigarette, collé à ses lèvres, et restait immobile. Il regarda distraitement les passagers tandis que la lumière se rallume sur le toit de la voiture.

La plupart étaient des paysans. Pauvres agriculteurs, au caractère gai et hospitalier. Du blé, des fruits, du vin, du tabac et de la soie germaient de ses mains laborieuses... Que deviendraient-ils avec la guerre ?

Plus loin, des "chotrari", sales, en haillons et chargés d'enfants, qui par leurs cris rendaient plus triste et plus misérable cette image de la pauvreté humaine.

Julien Nosdrev sourit.

"" Ceux-là " se foutent de la guerre. Que peuvent-ils attendre du monde ? Si la paix les traite ainsi, la guerre ne peut pas être pire pour eux...

Et les passagers restants ?

Emigrants juifs, turcs, tziganes, roumains... Foule hétéroclite d'étrangers... D'où venaient-ils ? Où allaient-ils ?

Fuyaient-ils le pays face à la menace de guerre ?

C'était le train des misérables et des tristes.

Julian Nosdrev haussa les épaules. Et qu'est-ce qu'il s'en souciait ? Dans deux heures, il atteindrait sa destination.

Le convoi s'était arrêté.

Julian a essuyé l'humidité du verre.

Ils avaient dépassé la zone orageuse. Il ne pleuvait plus.

Vu une gare. Sur la plateforme, certains vendeurs proposaient leurs produits. Les voyageurs se procuraient des sandwichs, du café chaud ou des cigarettes.

Le train a redémarré.

Trois autres passagers contrastés dans cette voiture venaient de monter. Ils portaient l'uniforme des cadets « kugatschewo » et leurs manteaux brillants avec des boutons en métal faisaient une vive impression sur les émigrants.

Où iraient-ils ?

Sûrement à la frontière pour servir d'instructeurs aux troupes nouvellement arrivées pour renforcer les garnisons à la frontière avec la Roumanie et la Yougoslavie.

Julien découvrit soudain devant lui un homme d'une quarantaine d'années, avec de grandes moustaches, qui ressemblait remarquablement à Staline. Un chapeau de toile cachait le regard aigu de ses pupilles.

L'inconnu se pencha vers Julian et demanda :

Êtes-vous bulgare?

« Excusez-moi. Je ne parle pas aux étrangers.

L'homme sourit.

"Oh ! Oui ! Il est Bulgare... C'est étrange qu'un homme de son âge ne soit pas un soldat, surtout maintenant, quand ils mobilisent tout le monde.

Julian essaya de paraître une certaine sérénité et indifférence.

« Êtes-vous un conservateur ou quelque chose comme ça ?

"Oh ! Non ! Dieu me sauve...

« Alors vous reconnaîtrez que votre question est quelque peu indiscrète.

"C'est comme ça. Même si pour te rassurer je dirai que je partage largement tes idéaux.

« Mes idéaux ? Comment puis-je en être sûr ?

« Venez à la plate-forme des wagons. Là, nous pouvons parler librement.

"Accepter.

L'air était très froid dehors et Julian ajusta son chapeau de fourrure sur sa tête. Puis il observa son interlocuteur. Il avait l'air juif.

"Eh bien, mon ami..." dit cela avec un long sourire. Maintenant, nous pouvons parler clairement. Je sais qui tu es et ce que tu veux. Moi aussi, je suis un ennemi acharné des nazis.

Et que vouliez-vous me dire ?

L'inconnu tira un petit portefeuille de ses poches.

« À l'intérieur de ce portefeuille, il y a certains documents de code qui doivent parvenir entre les mains de leurs supérieurs. Je vais vous les remettre, car je dois descendre à la prochaine station.

L'homme, avec un étrange accent étranger, a remis le paquet en cuir.

« Tu es sûr que c'est à moi que tu devrais le donner ?

« Complètement. Nous sommes d'accord ?

"Oui.

« Maintenant, ce n'est pas pratique pour eux de nous voir ensemble. Je vais à l'autre voiture et tu retournes à ta place.

« Très bien. On se reverra ?

"Peut-être.

"Alors au revoir!

"À un de ces quatre!

Julian Nosdrev est retourné chez lui et a fumé une cigarette.

C'était l'aube. Au centre d'une herbe aux teintes sombres, hérissée de courts roseaux, s'étalait la surface d'un minuscule lagon. Les dunes de droite faisaient place à une plaine verdoyante et le chemin de fer passait sur un pont fluvial.

Les heures passèrent. Ce voyage était sans fin. Ils auraient dû atteindre leur destination maintenant, mais le moteur avait ralenti. On craignait que les derniers orages n'aient endommagé les rails et toutes les précautions étaient minces dans des endroits aussi désolés.

Soudain, Julian fouilla instinctivement dans la poche de sa veste.

Il pâlit.

La peur s'empara des passagers.

La mallette avec les documents avait disparu.

Il essaya de se souvenir.

Dix minutes auparavant, il était allé aux toilettes et dans le couloir de la voiture, il avait heurté un individu.

Un tzigane en haillons et crasseux qui marmonna quelques mots d'excuse.

Pour tous les diables ! Comment le trouver ?

Le train s'arrêta enfin. Julien a regardé par la fenêtre.

C'était un poste militaire. Une guérite, plusieurs pavillons, une tourelle, et parmi les rochers, sur une colline, plusieurs pièces d'artillerie.

Surpris, Julien vit comment plusieurs hommes, des soldats armés de fusils, suivaient un officier avec un pistolet à la main entrèrent dans le wagon.

Le silence était absolu.

Julian resta immobile sur son siège.

Un soldat s'est approché de lui.

"Debout!

Julien obéit. Les militaires l'ont fouillé soigneusement. Voyant que sa recherche était infructueuse, ils le firent rasseoir.

Soudain, une voix :

« Sergent ! Voici ce que nous recherchons !

Julian reconnut l'homme qui avait volé son portefeuille.

Le tsigane protesta bruyamment dans sa langue étrange.

Un soldat tenait les documents.

D'un coup de crosse, la patrouille a emmené le jeune bohème, qui n'était pas attendu ou a expliqué les raisons de son interpellation.

Julian soupira alors que le train repartait.

Il regarda par la fenêtre.

Le jeune tsigane se débattait parmi ses ravisseurs.

Soudain, il pensa avoir vu quelque chose qui l'avait stupéfait.

Le type était sorti d'un des pavillons pour lui remettre les documents.

Le train a pris de la vitesse.

Tout cela n'avait été qu'un piège pour l'attraper !

Julian Nosdrev en savait trop.

Réalisant que son plan avait échoué, cet individu, sans doute un agent pro-nazi, télégraphierait à la station suivante.

J'étais perdu!

Il se leva et se dirigea vers le quai du wagon.

Le train a traversé un terrain rocheux, peuplé de buissons et de buissons rabougris.

Dans un virage, la locomotive ralentit.

C'était le moment.

Julien est tombé.

Alors qu'il touchait le sol et dévalait la pente, il crut avoir perdu connaissance.

Puis, se levant, il regarda le chemin de fer s'éloigner de ces lieux désolés.

* * *

Julian a cru à un rêve lorsqu'il s'est de nouveau entouré de ses camarades d'université, qui ont désormais abandonné leurs études et leurs manuels pour devenir des partisans coriaces et rebelles, des guérilleros haïs, craints et respectés des Balkans imprenables.

Il parcourait depuis deux jours, sans autre aide qu'une carte provisoire, ces régions montagneuses, épuisées par la faim et la fatigue.

Il est devenu comme un automate. Il avait perdu l'espoir de trouver le lieu convenu...

Mais maintenant, il était presque heureux. Des sourires, des visages amicaux et une bonne assiette de haricots au porc. Que pouvait-elle souhaiter de plus après ce cauchemar ?

Les visages inconnus abondaient également. Le camp, construit avec des huttes de style tatare de deux ou trois mètres de haut, bâties d'épaisses barbillons formant les murs et les toits de canne et de torchis, était également habité par des paysans étrangers, la plupart d'apparence serbe, qui avaient formé jusqu'alors un à la contrebande.

L'endroit était bien. Une haute plaine qui dominait plusieurs vallées et était protégée par de grandes falaises de roche granitique. Auparavant, y résidaient quelques bergers nomades qui étaient également entrés comme guides au service de la guérilla. C'est à cause d'eux que les huttes étaient entourées de plantations de melons, de courges, de mil et de maïs, aliments presque exclusifs pour ces gens.

Julian jeta un coup d'œil au « stock » d'armes. La cabane était pleine à craquer. Fusils Mauser allemands, fusils de fabrication tchécoslovaque, mitrailleuses, mitraillettes, grenades à main italiennes et russes, explosifs et projectiles en quantité, et même divers petits mortiers de campagne.

Julián, après avoir bavardé avec ses amis jusque tard dans la nuit, devant un feu de chardons, car le bois de chauffage était rare à cet endroit, se retira pour se reposer.

La chambre était extrêmement petite. Une couchette de campagne était presque pleine et les nerfs empêchaient le jeune homme de s'endormir.

A l'extérieur, une faible trompette résonnait avec des lamentations rythmées, accompagnées par les voix tonitruantes de plusieurs guérilleros. C'était l'ardeur de la guerre qui précéda les premières escarmouches.

Ils ont commencé à chanter les premiers mots de l'hymne national bulgare :

"Chumi marica okravena...".

A l'aube, alors que les premières lueurs du jour commençaient à se loger dans les hauteurs, une étrange rumeur parvint à Julien.

Agité, il sauta du lit et se dirigea vers la fenêtre.

Le ciel était clair.

Les immenses troupeaux de perdrix, les nuées d'outardes, les longues files de grues avaient été cachées.

Devant ce murmure lointain, la plaine était dans un profond silence.

Il n'y avait aucun doute.

C'était le grondement d'un canon.

La marche à travers ces bois était longue et lourde.

Le groupe avançait lentement.

La communication entre les liaisons avait donné de pleins résultats et sept groupes de guérilla devaient se rencontrer à cinq kilomètres de Boghasi, une petite ville d'une grande importance agricole, qui devait être la première cible des rebelles pour les relations bulgares avec Berlin.

Julian Nosdrev, parmi ses camarades de confiance, arpentait ces lieux avec méfiance, prêt à toute surprise.

Nicolas Vidin le regarda avec un sourire.

« Inquiet, Julien ?

"Oui.

"Pourquoi?

« Que sommes-nous vraiment, Nicolás ? Des traîtres ? Déserteurs ? Patriotes ? Antimilitaristes ?

Vidin haussa les épaules.

« Nous adorons la Bulgarie. Nous n'aimons pas qu'Hitler nous ait à volonté... Le gouvernement devient nazi et nous nous rebellons pour tenter de l'empêcher.

« Et pensez-vous que nous atteindrons nos objectifs ?

« L'histoire nous le dira.

Nicolás Vidin avait prononcé cette phrase avec une telle solennité que Julien ne put se contenir et se mit à rire.

Puis il regretta son rire.

L'ennemi, peut-être caché dans la brousse, pouvait leur sauter dessus à tout moment.

Le gouvernement de Sofia avait juré de mettre fin à la rébellion.

Il fallait le couper net !

Ils avancèrent pendant plusieurs heures avec régularité et ténacité.

Les guides serbes, à l'avant-garde, avaient percé la baïonnette au bout de leurs fusils et repoussaient avec leurs armes les grosses branches qui obstruaient souvent les chemins.

Le soir venu, les partisans étaient dans la partie la plus épaisse de la forêt, d'arbres immenses, aux troncs robustes et hauts qui s'élevaient parfaitement perpendiculaires.

La végétation est devenue de plus en plus épaisse. Le sol humide, couvert de gros buissons, gênait presque le passage des hommes.

Julian s'est approché d'un des guides.

« Ces lieux sont un parfait camouflage pour nos ennemis. Pensez-vous qu'il y en a par ici ?

« Peut-être qu'ils connaissent nos mouvements.

« Vont-ils nous attaquer ?

« Peut-être s'attendent-ils à ce que nous rencontrions les autres parties. Une pâte dans la pâte. Cela résoudrait beaucoup de problèmes pour eux.

« Sommes-nous encore loin de Boghasi ?

« L'affaire de quelques heures.

« Les hommes sont épuisés. C'est une marche sans fin.

Le guide serbe gratta sa grosse moustache et sourit :

« Cela ne semblera pas si interminable si vous pensez que chaque kilomètre que nous avançons est un tronçon de plus qui nous rapproche de la mort. Combien d'entre nous retourneront à la montagne ?

Le visage de Julian reflétait la peur et il caressa la sangle de la mitraillette qui pendait à son épaule.

Ils arrivèrent au bout de la forêt. L'épaisse canopée qui les avait protégés des avions de reconnaissance avec ses branches n'existait plus au-dessus de leurs têtes.

C'était maintenant une plaine, une plaine marécageuse.

Le sol est devenu de plus en plus mou et glissant.

Julian pensait que s'ils devaient les attaquer, cette plaine était un endroit plus facile pour une embuscade.

Les pieds des guérilleros s'enfonçaient dans la boue jusqu'aux chevilles, ce qui rendait leur marche plus lente et plus pénible.

Tout le monde était silencieux.

Soudain, dans l'immensité de ces lieux, un coup de feu éclata.

L'un des guérilleros a crié et est tombé au sol.

« Tout le monde au sol !

Les hommes tombèrent à plat ventre dans la boue.

Un nouveau coup.

Le projectile siffla au-dessus de la tête de Julian.

Cette balle lui était destinée.

« D'où tirent-ils ?

« Là, à gauche.

C'était un monticule rocheux, entre les roseaux et les buissons. Combien cela peut-il être ?

Quelles armes auraient-ils ?

Nicolás Vidin a observé ce monticule et a ensuite décidé :

« Je vais aller les chasser !

« Envisagez-vous de faire un détour ? demanda Julien.

« Exactement. Il n'y a pas d'autre solution. Qui veut me rejoindre ?

Quatre hommes se sont portés volontaires.

"Au revoir!

"Chanceux!

Sans perdre un instant, les cinq partisans rampèrent dans la boue vers le nid de leurs ennemis.

Les autres regardèrent attentivement les audacieux compagnons s'éloigner. Ils se déplaçaient la tête presque près du sol. Ils ressemblaient à des lézards.

Soudain, un "spontané" surgit.

Une grenade à la main, un nouveau guérillero veut se joindre à l'expédition et tente de franchir la brèche qui le sépare des autres.

Il était impatient d'être un héros.

Pauvre illusion !

Cette fois, c'était un bruit de mitrailleuse.

Il avait à peine fait un pas.

Il tomba les bras tendus, un morceau d'acier logé entre sa cervelle.

Julien soupira.

A moitié enfoui dans la boue, cet homme couvert de vêtements de fourrure velue ressemblait, plus qu'un homme, à un ours tué par un certain chasseur.

Non. Ce n'était pourtant pas un jeu...

C'était la guerre.

Tuer, mourir, piller, haïr, éclater... !

Julian imagina que les cinq hommes ne reviendraient pas non plus.

Le vent soufflait sur les plaines marécageuses, libre, libre sur son passage, et son hululement était comme un long gémissement.

La peur, l'impatience, l'angoisse de ceux qui attendaient augmentaient au fil des minutes. La peur grandissait en même temps que les nerfs s'excitaient.

Qu'est-ce qui s'est passé?

Seul le silence enveloppait tout maintenant.

Juste le vent.

Les minutes passèrent.

Julian consulta sa montre.

Plus d'une vingtaine s'étaient écoulés.

Il y avait une possibilité que des prisonniers aient été faits, mais il était étrange que ce soit le cas alors qu'aucun bruit de combat n'avait été entendu.

Cinq minutes de plus.

L'impatience atteignait ses limites.

Qu'est-ce qu'ils font?

À présent...!

L'explosion d'une grenade à main.

Puis une suite de coups de feu...

Une colonne de fumée noire s'éleva dans l'espace.

Que s'était-il passé ?

***

Ce matin-là à Sofia, les journaux ont officiellement annoncé que la Bulgarie avait signé le Pacte tripartite. Le roi Boris soutint, comme la Hongrie et la Roumanie, les troupes de l'Anchluss, l'empire fasciste et l'empire japonais.

La presse parla également de l'accord secret conclu vingt jours auparavant par le maréchal allemand Von List et les généraux de l'armée bulgare, qui accordait aux troupes hitlériennes le libre passage à travers les territoires balkaniques dans leurs campagnes contre la Yougoslavie et la Grèce.

Six cent quatre-vingt mille soldats allemands passeront par la Bulgarie.

En retour, le "Führer" accordera la Macédoine au roi Boris... Une juste et généreuse récompense ! Les soldats bulgares éviteraient de participer à ces opérations de guerre.

Bonne nouvelle pour les partisans antinazis dans les Balkans !

Ils n'auraient pas à combattre leurs frères !

Les 680 000 hommes de Von List s'entendraient avec eux !

Et tandis que les journaux de la capitale pitchaient leurs vendeurs ambulants, une étrange interview se déroulait au soi-disant Commissariat de la Sécurité nationale.

Lisa porta sa cigarette à ses lèvres et inspira une épaisse bouffée de fumée.

Puis ses grands yeux regardèrent curieusement le type qui était assis de l'autre côté du bureau encombrant, sur lequel étaient intercalés des milliers de papiers non classés. Réclamations, avis, informations, anonymes...

C'était un individu complètement chauve, avec un crâne lisse et brillant comme la surface d'un globe. Ses yeux étaient bleus, petits et vifs. Yeux de pauvre vermine. Il a souri longtemps...

« Tu es si belle, Lisa.

« N'ayez pas peur de me surprendre par vos éloges...

Lisa, une Lisa inconnue, était assise au bout de la table. La jeune femme portait une élégante robe rouge au décolleté audacieux. Le policier regarda cette silhouette avec admiration et désir.

« Ça vous a beaucoup plu, mon ami ?

« Vous savez que c'est le cas. Je te l'ai dit plusieurs fois.

A ce moment-là, quelqu'un frappa à la porte.

"Vas-y !

Un grand jeune homme très blond, élégamment vêtu, s'est approché du policier à grandes enjambées.

« Bonjour, Herr Commandant !

« Bonjour ! Quelque chose de nouveau ?

"Rien.

Le policier regarda Lisa, désignant le nouveau venu.

"Lisa ! Voici Otto Oberq, mon collaborateur de Berlin...

"Ah ! Hanté...

Le garçon sérieux jeta un regard froid sur la jeune fille et s'assit dans un grand fauteuil. La jeune femme a remarqué l'emblème sur le revers de sa veste. Un cercle avec le svastika.

« Que pensez-vous de notre pays, monsieur Oberq ?

L'Allemand haussa les épaules.

« Du bon vin, du bon tabac et de bonnes femmes... comme vous.

"C trés gentil de ta part.

« Nous, serviteurs du 'Führer', savons être. Nous devons nous comporter correctement avec nos alliés à tout moment.

Lisa sourit. Coq béat !

« Faites-vous partie de l'« Ordnungspolizei » ?

L'Allemand hocha la tête.

« Je suppose. Et pourquoi l'ont-ils simplement envoyé ici en Bulgarie ?

L'officier de police bulgare, apparemment un commandant des services secrets, a interrompu la jeune femme.

« Otto Oberq est habitué à notre tâche et m'apporte une aide fantastique. Il a un bilan de service parfait.

« Merci, Herr Kommandant... Et en parlant de l'affaire des rebelles... Avez-vous trouvé cet agent ?

Le commandant fronça les sourcils.

« Vous semblez un peu confus, mon cher Otto.

"Qu'est-ce que ça veut dire ?

« Je viens de vous présenter l'agent dont nous avons besoin.

« Mlle Lisa ?

"Le même.

« Mais commandant... Une femme ?

"Vous êtes surpris... peut-être... Non ? Cela arrive parce qu'il ne connaît pas Lisa Borgsen comme moi...

"Borgsen ? Vous n'êtes pas bulgare ? Votre nom de famille...

La jeune femme fit une moue gracieuse pour démentir les suppositions de l'Allemand.

« Je suis né dans cette ville, mais ma famille était étrangère. Autrichien mon père et russe ma mère. Un étrange mélange. Je pense que ces deux races influencent grandement mon caractère. Je suis fière comme toi "têtes carrées"... Oh ! Ne soyez pas offensé... C'est juste une blague. Indépendant, agité, aventureux et surtout gourmand.

« Et est-ce la première fois que vous participez à des affaires d'espionnage, comme celle que nous vous proposons ?

Lisa a ri.

« Pensez-vous que le commandant s'exposerait à cela ?

"Puis?

« J'ai travaillé pour les services secrets italiens. Un combat acharné contre les agents grecs.

« Combien de temps êtes-vous resté avec eux ?

"Deux ans.

Et comment vous êtes-vous débarrassé des chiens du Duce ?

« Ce n'était pas difficile pour moi. Je continue de servir la cause de l'Axe.

Le commandant est intervenu pour tenter d'expliquer :

« Lisa Borgsen a rejoint mon département au début de l'année dernière. Il y avait des éléments suspects à l'Université de Sofia, en particulier à la Faculté de droit. La politique des premiers jours de la guerre dominait l'esprit des étudiants. Lisa est jeune. Vingt cinq ans. Il s'est inscrit au collège. Nous avions un garçon dans le dossier qui provoquait des rassemblements contre le gouvernement pro-nazi. Un certain Julian Nosdrev... Lisa s'est liée d'amitié avec lui. Ils se fréquentent, mais il parvient à peine à obtenir de lui des informations sur les projets partisans.

« Et pourquoi ne l'ont-ils pas interrogé ? N'y avait-il plus rien pour l'arrêter ?

"Impossible. Cela aurait mis les autres en fuite. Il est difficile de combattre les étudiants. Ils sont têtus, rebelles et ne se trahissent jamais.

Otto Oberq sourit.

« Et êtes-vous au courant de votre mission, mademoiselle Lisa ? Aller entrer dans la gueule du loup ? Dans les montagnes? Avec les partisans fous et sauvages ? Les espionner à tout moment ? Il faudra beaucoup de courage.

Lisa a soufflé une bouffée de fumée.

"Je l'ai eu. N'hésitez pas.

5

Un petit avion "störche" survolait à basse altitude les vastes forêts. Le temps était clément et le vol n'a pas été désagréable.

Lisa a regardé le pilote.

Type étrange! Il n'avait pas changé un seul mot depuis qu'il avait quitté l'aéroport...

Et cela? Après tout, même s'ils parlaient, cet individu serait toujours un pauvre étranger.

La visibilité était grande et la jeune femme scrutait d'un regard détaillé la tache qui s'étendait sous l'immense tache verte de frondes.

Soudain, le moteur ronronna plus fort. Quelque chose n'allait pas. Il est descendu de quelques mètres, violemment, dans un saut semblable à celui produit par les effets d'un nid de poule.

Le pilote dominait l'avion.

"Que se passe-t-il?

"Rien ne vous inquiétez pas.

« Encore un long chemin ?

Le pilote a consulté ses instruments de navigation.

« Seulement cinq minutes environ.

« Qu'arrivait-il au moteur ?

« Je ne sais pas... Un échec... Ces appareils ont été dans la campagne de France et maintenant ils souffrent d'être purement anciens.

La grande étendue de végétation d'un vert intense s'est poursuivie.

Devant se dressait une barrière montagneuse.

Les balkaniques !

"Nous sommes arrivés!

« Arrivé ? Où est l'aéroport ?

"Là!

Il y avait une clairière dans les bois.

L'avion a fait plusieurs cercles autour du "champ", puis a commencé à perdre de l'altitude, a ralenti, a ralenti et quelques instants plus tard, son train d'atterrissage glissait sur un sol solide.

Le terrain était de construction récente. Une des nombreuses installations militaires en vue de la guerre. Il était situé dans un endroit extraordinairement luxuriant, qui camouflait habilement certains équipements de chasse.

Parmi le bosquet, plusieurs pavillons étaient cachés.

L'avion a arrêté sa marche.

Deux soldats bulgares ont conduit Lisa à la caserne du chef du camp.

Là, il recevrait les dernières instructions.

* * *

Julian resta immobile. Les autres partisans aussi.

Après cette explosion et plusieurs coups de feu, un calme insupportable et dégoûtant régnait à nouveau.

Que s'était-il passé ?

Nicolas Vidin et les cinq hommes ne sont pas revenus.

Les minutes passèrent.

Il fallait aller les chercher !

Ils ont accepté rapidement. Un signe de Julian suffisait. Ils ont commencé à marcher sur le chemin de leurs compagnons disparus.

Soudain, devant eux, ils sentirent le bruissement des branches.

Serait-ce le vent ?

Les idées bouillonnaient dans le cerveau de Julian.

Ils se sont tous arrêtés.

Maintenant, ils entendaient clairement un sifflement et des voix étouffées.

Qui diable étaient-ils ?

Ils pouvaient entendre leurs corps ramper.

« Il ne doit pas y en avoir beaucoup !

« Attendons-le !

Les partisans continuaient d'avancer.

Silence à nouveau.

Soudain, à une cinquantaine de mètres de là, ils virent les sabots de plusieurs hommes bouger...

Sans attendre un instant, Julian cria :

"Pour eux!

En entendant cela, surpris, émus par le ressort de leurs nerfs, les soldats se retournèrent.

C'était le premier contact.

L'étonnement provoqué par les apparitions inattendues s'est reflété dans les yeux des militaires.

Là, devant eux, il n'y avait pas des hommes avec du cœur et des sentiments, mais des machines, des robots faits pour tuer.

L'un d'eux a suivi son instinct et a réussi à appuyer sur la détente de son arme.

Les partisans ont révélé la réplique de leurs fusils et mitraillettes.

Les deux groupes se sont jetés au sol pour se protéger et pour déclencher un incendie massif.

Des centaines de projectiles traversaient avec leurs sifflets caractéristiques et cherchaient la chair des hommes.

Les partisans avaient perdu l'avantage d'une attaque surprise. Maintenant, ce qui n'aurait dû être qu'une courte escarmouche se transformait en combat sanglant.

Plusieurs guérilleros tombèrent, immobiles, dans le marais.

Julian les a remarqués.

Ils ressemblaient à de lourds sacs de farine humides, immobiles...

« Peux-tu me laisser prendre de l'avance ? Peut-être avec une grenade...

Julian regarda celui qui lui avait parlé.

C'était un garçon qui, malgré ses vêtements grossiers et ses képis de laine, montrait son visage un peu enfantin.

"Quel âge avez-vous?

"Dix-sept...

"Et que fais-tu ici?

« Ce sont mes affaires. Voulez-vous me laisser sortir ?

"Non. Pas question...

"Pourquoi?

« Ils vous exploseront la tête dès que vous regarderez dehors.

Les fusils n'arrêtaient pas de tirer, mais petit à petit, au bout de quelques minutes, les tirs nourris diminuaient... surtout du côté des soldats.

« Qu'arrive-t-il à ceux-ci ?

« Ils répondent à peine à nos tirs.

« Vont-ils manquer de munitions ?

Quelques minutes passèrent.

L'ennemi avait cessé de tirer.

Ils attendirent quelques instants.

Puis Julian s'est approché du garçon qui avait auparavant demandé l'autorisation de sortir...

« Vas-y mon garçon ! C'est le moment !

Et si ce silence était un piège ?

« Nous vous couvrirons de notre feu. Nous ne les laisserons pas montrer leur nez.

« Puis-je emprunter une grenade ?

"Oui.

Julian a remis une bombe à main à son camarade.

« Êtes-vous décidé ?

"Je vais là-bas!

Le jeune homme quitta ses camarades et sautant à travers les flaques d'eau avança le corps penché en avant.

Alors qu'il se dirigeait vers le monticule rocheux, les partisans ont commencé à tirer furieusement. Des centaines de balles, des cartouches de projectiles se sont écrasées sur la roche.

« Arrêtez le feu !

Le jeune homme grimpait entre les rochers.

D'un dernier effort, grenade à la main, il bondit et grimpa haut, à la recherche de ses ennemis.

Tout le monde pouvait le voir parfaitement.

Il regarda autour de.

Puis il fit signe à ses compagnons de s'approcher.

Julien s'avança. Il atteignit le monticule.

Ses partisans le suivirent.

« Qu'est-ce qu'il y a, mon garçon ?

« Ils ne sont pas là ! Personne !

"Quoi?

"Ils sont partis.

Les partisans ont pu vérifier, en effet, que les soldats étaient partis.

« Ils ont fui !

« Est-ce qu'on les poursuit ?

« Non ! Regardez là !

Parmi les rochers, les cadavres de ses camarades...

Nicolas ! Nicolás Vidin terriblement mutilé par l'explosion d'une grenade...

Julian l'a reconnu à ce qui restait de ses vêtements.

Comment identifier son visage, transformé en tache de sang ?

Les autres avaient des balles dans la poitrine...

Après avoir enterré les victimes de cet attentat, les partisans ont continué leur marche.

Une demi-heure plus tard, une multitude de silhouettes menaçantes ont émergé dans les lumières du soleil couchant.

"Minutieux!

Les partisans préparèrent leurs armes.

"Qui est là?

"Alors je dis! Une voix a répondu.

L'un des hommes de Julian abaissa à nouveau son fusil.

« Ils sont l'un des nôtres ! Nous sommes arrivés!

Un soupir de soulagement était dans la gorge de chaque partisan.

* * *

Pendant toute la nuit, l'activité fut intense, préparant l'entrée des partisans à Boghasi. En général, on croyait que ce serait simplement une promenade; mais les informateurs ont montré que c'était une erreur.

Les Allemands étaient là !

L'une des premières expéditions du maréchal Von List était arrivée en ville pour s'approvisionner.

Ils devraient être attaqués dans la gorge.

Oui. C'était la meilleure idée.

Julian Nosdrev et les autres chefs partisans s'étaient réunis autour d'un nouveau venu de Boghasi, qui leur servait de liaison et d'espionnage des mouvements nazis.

Il déplia une carte et la plaça à la lueur d'une lampe à huile...

« Nous allons étudier les mouvements que les troupes allemandes vont suivre dans les Balkans...

Il a pris un crayon.

« Les troupes de Von List occuperont la partie sud-ouest de la Bulgarie, le long des frontières yougoslave et grecque, jusqu'à la rivière Maritza et la frontière turque. De là, les nazis sauteront vers les îles Ioniennes, Thessalonique, Athènes et Skopje.

« Et au nord ? demanda Julien.

« La Roumanie est un allié inconditionnel ! Le général Von Kleist occupera depuis le Danube pour rejoindre les troupes de Von List le long de la frontière yougoslave. De là, ils disposent d'un excellent tremplin pour sauter par-dessus Belgrade et Sarajevo, pour rejoindre les Italiens d'Albanie.

"Nous devons empêcher cette concentration de troupes dans notre pays, cette occupation de la Bulgarie" a hurlé l'un des chefs de file des partisans.

Et que pouvons-nous faire? A peine deux mille hommes contre les troupes de Von List !

Julian est allé sur le lien.

Quelles troupes nazies préparent cette campagne ?

« Treize divisions d'infanterie, six divisions blindées, sept divisions motorisées, quatre cents bombardiers, trois cents chasseurs, dix régiments hongrois...

Julian porta une main à sa tête.

"Nous sommes fous!

Soudain, une explosion assourdissante les projeta au sol. Lorsque les chefs partisans sortirent de leur tente, le désordre et la panique régnaient parmi les guérilleros.

Le bruit de sirène de plusieurs "Stukas" en chute libre les tira de leur surprise.

« Corps à terre !

Trois autres bombes sont tombées sur le camp.

« Les hommes tombent comme des puces !

Une pluie infernale de feu et d'éclats d'obus est tombée du ciel.

6

Au crépuscule, vous partirez pour Agaesti. Une personne de confiance vous accompagnera. Il connaît bien ces lieux.

Lisa regarda curieusement l'homme mûr en uniforme élégant qui lui donnait les dernières instructions.

« Agaesti ?

"Oui. Agaesti est une ville au sud-est de Boghasi. C'est l'endroit que les partisans ont choisi comme quartier général. Le gouvernement yougoslave, en guerre contre l'Axe, envoie des commandos serbes pour organiser ces guérillas de comifatjis bulgares et roumains. Ils sont tous rassemblement à Agaesti, car leur camp près de Boghasi, la base de ravitaillement d'un secteur des troupes de la Von List, est attaqué par les expéditionnaires de la Luftwaffe... Aux dernières nouvelles, les partisans ont été décimés, et dans leur fuite aveugle à travers le forêts, les différents gangs prennent le chemin d'Agaesti. Il ne nous serait pas difficile d'attaquer Agaesti par les airs. Avec les avions de cette petite base ce serait suffisant, mais là ils concentrent leurs blessés, et ce que nous obtiendrions serait être de les disperser,

"Comprendre.

« Connaissez-vous exactement la nature des informations que vous devez transmettre à la commande ?

"En effet. J'ai les instructions et la clé secrète.

« Génial ! Maintenant, il ne vous reste plus qu'à vous reposer...

« A quelle heure partons-nous ?

"Je vais le lui faire savoir. Voici vos documents. Vous êtes désormais citoyen grec, envoyé par votre gouvernement pour servir d'intermédiaire entre Athènes et les comitatjis antinazis. D'accord ?

"Parfaitement. Bien pensé.

« Portons un toast au succès.

L'officier a tendu un verre d'alcool à la jeune femme. Ils ont cassé le verre.

« Pour votre mission !

« Pour la victoire !

L'officier est resté seul dans sa salle. Par la fenêtre de son bureau, il regarda la jeune femme s'éloigner. Parmi les hautes frondes, le soleil étalait ses derniers rayons.

« Pauvre fille ! Tellement belle de mourir entre les mains des comitatjis des Balkans.

***

Le cliquetis des mitrailleuses se faisait entendre avec leur bégaiement stertor. Les aigles d'acier n'ont pas arrêté leurs attaques.

Plusieurs hommes qui n'avaient pas eu le temps de s'abriter se penchaient sur le ventre.

Protégés par quelques rochers, les guérilleros qui avaient atteint les plus hauts lieux tiraient sans cesse sur les "Stukas", qui n'abandonnaient pas leur proie.

Dès que les avions eurent disparu, laissant derrière eux une vague de cadavres dans leur sillage tragique, les premiers casques allemands apparurent.

"Protège toi! Vite! Les soldats allemands sont là ! Ils vont essayer de nous entourer !

Mais personne n'a écouté ces avertissements.

Chaque groupe a combattu seul, et ceux sans capitaine s'étaient dispersés à travers la forêt dans une retraite honteuse.

La vague de soldats approchait.

Le feu ordonné de leurs fusils rugissait en volées continues qui jetaient une grêle de balles sur les guérilleros pris en embuscade, complètement démoralisés.

Les grenades tombèrent en abondance sur le terrain des partisans, causant d'énormes ravages.

« Nous allons tous mourir !

Une mitrailleuse Motatji a ouvert le feu.

Une file de soldats allemands est tombée sans vie.

Ils avaient été balayés d'un seul coup !

La réponse a été immédiate.

Un mortier a été tiré de la ville.

Le projectile siffla dans l'air et tomba en lignes partisanes complètes. Les lamentations étaient déchirantes. Sept blessés, complètement mutilés, mourants, et les restes humains, dispersés, de cinq autres hommes.

Ils les attaquaient de loin ! Comment pourraient-ils se défendre et répondre ?

C'était le signal pour les comitatjis de quitter leurs cachettes et de se jeter sur les soldats allemands, qui les harcelaient d'une fureur folle, excessive, avec cette témérité de celui qui fait les folies les plus désespérées pour survivre.

Le combat était presque au corps à corps.

Julien a vu arriver la baïonnette d'un fusil et a réussi à l'éviter de quelques centimètres, bien qu'il n'ait pas pu s'éloigner de la masse qui formait le corps du soldat. Il le bouscula, puis lui donna un coup de pied avec ses bottes de fer, un coup qui le rendit presque insensé.

"Pas encore!

Julian avait levé la main dans une tentative instinctive de demander pardon.

Le soldat a levé le fusil à deux mains et s'est préparé à lui passer la baïonnette. Une balle perdue a empêché son action. Il avait percé son casque et écrasé son cerveau.

L'Allemand tomba comme une bûche tombée.

Julian saisit son fusil et tira follement et bêtement, toujours aveuglé par ce coup de pied dans le bas-ventre.

Prudemment, il se jeta au sol, collé au sol.

Une grenade à main a explosé à proximité, soulevant un nuage de sable qui l'a laissé à moitié enterré.

Il toussa fortement. Il était essoufflé.

Il a rampé hors de là.

Un officier nazi s'approchait avec un pistolet. Je ne l'avais pas vu. Un guérillero croisa sa route, mais avant qu'il ne puisse tirer, le nazi lui avait déjà pris une balle dans le ventre.

Il passa par-dessus les gémissements mortellement blessés quand il découvrit Julian. Il a tiré à nouveau avec son pistolet et la balle a effleuré la tête du partisan.

Julian avait l'air impuissant. Quelque chose arrivait à son fusil. En vain, il appuya encore et encore sur la détente.

Le nazi tira encore trois fois en vain, et voyant que Julien ne répondait pas, il se rapprocha pour ne pas rater le coup. Il visa à nouveau, mais le jeune homme, poussant un grand cri, se jeta sur lui en se remplissant les yeux de terre. Il a tiré au hasard, mais Julian avait déjà atteint sa poitrine avec la baïonnette.

Le mortier continue de faire des victimes parmi les comitatjis.

"Retrait!

Seuls les représentants de deux groupes, celui de Julián et un autre composé de guérilleros serbes, se battaient encore.

Julien répéta son cri :

« Retrait ! Aux forêts tous !

Et il a couru.

La bataille était terminée.

La moitié des guérilleros gisait sans vie.

* * *

Le véhicule a filé sur la route poussiéreuse. La nuit était tombée sur les bois et le moteur ronronnait insupportablement.

La jeep grinça et sembla devoir sauter en morceaux ; tel était l'état de la route. Nids-de-poule profonds et courbes prononcées.

Le chauffeur était silencieux.

Après une heure de route, le chauffeur a arrêté la voiture et a indiqué :

« Le reste est à pied.

"Accepter.

Ils s'engagèrent dans un sentier, entre les arbres. Des branches sèches craquaient sous les pieds et l'obscurité était presque complète.

Le soldat était à l'avant-garde, gardant le silence sur une longue distance, lorsqu'il s'écria :

« Nous sommes déjà en territoire partisan !

Lorsqu'ils atteignirent une clairière dans la forêt, ils se rencontrèrent.

« Ma mission se termine ici. Il la quitta.

"Accepter.

« Allez dans cette direction. Au bout, vous trouverez une cabane. Il y a l'un des nôtres qui vous dira quoi faire.

"Très bien.

« Au revoir Bonne chance !

Lisa est restée seule. Cette immense forêt commença à lui faire peur. Il accéléra le pas. Les oiseaux de nuit laissaient échapper leur chant triste et autour d'elle mille bruits la traquaient et la suivaient.

Il avait peur.

Encore un étirement et il maîtrisa presque sa peur.

Enfin, il vit la hutte.

Dans l'obscurité, près de la maison, il entendit une voix.

« Êtes-vous le grec ?

"Oui...

Il pouvait percevoir comment cet individu s'approchait. Le bruit de ses bottes, le craquement des branches sèches...

« Vous êtes en retard.

« Je suis venu aussi vite que j'ai pu.

« Apportez vos papiers en ordre, je suppose. Ce n'est pas comme ça ?

"Oui bien sûr...

« Mon Dieu. Je joue ma peau. Elle est fatiguée ?

"Un peu.

« Tant pis. Il n'y a pas de temps pour se reposer. Allez !

L'étranger a commencé à marcher rapidement. Lisa le suivait à peine. Ils avaient tous les deux peur.

Il fit signe à Lisa de se taire.

« Il y a plusieurs partisans de la surveillance là-bas. Il faut faire un détour...

"Accepter.

Vingt minutes plus tard, Lisa se retrouve dans une chambre spacieuse, seule, devant un lit qui promet une longue nuit de repos.

L'homme qui l'y conduisait avait de nouveau disparu et, au matin, elle recevrait les instructions de son agent de liaison.

Lisa se dirigea vers la fenêtre.

Agaesti était une jolie ville, avec de belles petites maisons d'architecture presque turque, entourées de jardins. Sur l'ensemble lugubre de ses maisons de bois, aucun clocher ne se détachait et ses rues étaient désertes.

Lisa s'étendit sur le lit, et essayant de calmer sa nervosité se mit à chanter à voix basse l'air de "Lili Marlén", une chanson qui, chantée par tous les combattants, courait d'un côté à l'autre dans une centaine de langues différentes .

Enfin, elle s'endormit.

A l'aube, quelqu'un la secoua par les épaules :

"Se réveiller!

La jeune femme ouvrit les yeux pour regarder un homme grand et robuste aux traits purement valaques.

"Qui es-tu?

« Roustchouck, c'est mon nom.

Entendre ce nom. Lisa se leva.

"Je suis à votre disposition.

"Est-ce que tu as fait un bon voyage?

"Pas mal du tout. Merci!

« Un incident ?

"Pas.

"Génial. Ensuite, nous commencerons à travailler dès que possible.

"Accepter!

« Avez-vous apporté le matériel de transmission ?

Lisa se dirigea vers une mallette et l'ouvrit. Il y avait l'appareil. Il l'a manipulé avec soin.

"Travaux?

"Oui.

"Alors au travail...!

Pendant ce temps, dans la rue, arrivaient des partisans blessés et vaincus.

7

Dans le silence d'Agaesti, les blessés étaient assistés dans les casernes transformées en hôpitaux. Là, les villageois ont dû lutter contre la douleur avec des éléments très pauvres. Les remèdes séculaires à base de plantes revenaient au premier plan dans ce pauvre enfer.

Les anciennes médecines villageoises, les pansements improvisés en tissu, les médicaments vétustes et inefficaces... Ils se sont tous battus à leur manière avec les armes qu'ils avaient sous la main.

Ce matin-là, un vieux moteur à combustion interne a été entendu.

Un véhicule traversait la place.

C'était un vieux camion de ferme.

Lisa l'observait par la fenêtre.

Soudain, la porte de sa chambre s'ouvrit.

C'était Routschouck, le Valaque.

"Espionnage?

"Oui. Ce camion...

« Ils reviennent de la bataille, à Boghasi. Ce véhicule a dû être volé quelque part.

« Je peux voir à votre façon de parler que vous les méprisez.

"C'est comme ça. Je les déteste.

« Appartenez-vous au parti national-socialiste ou nous aidez-vous simplement pour de l'argent ?

« Tu penses que j'ai si peu de caractère ? J'ai mes idées et si l'argent m'attire, je m'intéresse aussi à la possibilité de devenir quelqu'un d'important en servant loyalement une cause.

« Et ne dégoûte-t-il pas de trahir ses camarades ?

"Absolument. L'espionnage est comme ça: une lutte impitoyable et cruelle avec les armes du mensonge, de l'hypocrisie... J'appartiens vraiment au parti nazi roumain, à celui de ma vraie patrie. Je ne suis pas bulgare, comme beaucoup le croient. J'ai étudié à l'Université de Sofia, bien que j'aie passé une partie de ma jeunesse dans mon pays. J'ai été l'un des premiers disciples de Zeleo Vodreanu, une affaire qui a failli me faire arrêter. Pensez-vous que je ne vaux pas plus que vous ne le pensiez au départ ?

"Oui bien sûr.

Le camion s'était arrêté au centre de la place et les occupants ont sauté au sol.

Lisa s'était assise devant un miroir. Il se peignait les cheveux.

"Routschouck !

"Quoi ?

Qui est dans ce camion ?

« C'est le groupe, ou ce qu'il en reste, de mon plus grand ennemi.

« Votre plus grand ennemi ? Qu'est-ce ?

Julien Nosdrev.

Lisa pâlit. Son visage surpris, bouleversé et troublé se reflétait dans le miroir.

« Qu'est-ce qui ne va pas chez lui ? Le connaissez-vous ?

"Je ne m'attendais pas à ce qu'il soit là...

Que signifie-t-il pour vous ?

« Les services secrets m'ont forcé à « flirter » avec ce garçon. J'ai dû lui soutirer des informations, mais notre plan a échoué. Il était têtu. Son amour pour moi était moins, beaucoup moins, que son fanatisme politique.

"Je comprends.

"Je dois disparaître. Je pensais qu'ils l'avaient arrêté. Un homme était en mission pour l'arrêter dans le train express des Balkans et il a échoué. Quel idiot ! Un autre pépin à ajouter au commandant et à cette tête carrée d'Otto Oberq.. .

« Dois-je comprendre que vous avez échappé à un piège tendu par les services secrets ?

"Malheureusement, c'est vrai...

Routschouck éclata de rire.

"Au fond j'admire ce "cochon"... C'est un diable !

« Et qu'allons-nous faire maintenant ?

« Si vous le reconnaissez, cela peut-il nuire à nos plans ?

"Naturellement.

« C'est donc un problème. Il faudra le résoudre de manière définitive...

Qu'est-ce qu'un mode définitif ?

« Nous allons le faire taire. J'ai toujours attendu ce moment. Un coup au temple et tout s'est arrangé.

« Non ! Pas ça !

Routschouck sourit d'un air incrédule.

« Sentimentalités... ?

"Ce n'est pas ça... Mais tue-le...

Le Valaque fronça les sourcils.

« Ne me le dites pas ! Est-ce le premier homme à être tué pour sa cause ? Ils m'ont parlé de vous. L'espionnage de l'Axe vous doit beaucoup, mais au prix de combien de vies, mon cher ami ? Alors c'était facile pour lui ... N'est-ce pas ? Quelques rapports, et au tombeau avec ceux qui l'ont compromise... Bien sûr ! Tu ne t'es pas sali les jolies mains... Il y a toujours quelqu'un prêt à le faire. C'est la guerre ! L'intérêt d'une nation ! Espionnage, contre-espionnage, ré-espionnage... et l'histoire sans fin...

« Tu n'as pas le droit de me parler comme ça.

« Dans notre métier, on ne peut pas douter.

« Il est sage de douter !

Routschouck fronça les sourcils.

« Savez-vous ce qui nous arrivera si le gâteau est découvert ?

"J'imagine.

"Je sais je vais. Je l'ai vu plusieurs fois. Les balles seraient un grand honneur pour nous. Mais les arbres et les cordes abondent dans ce pays. Ils nous pendraient en quelques minutes. Ces types de tribunaux agissent rapidement.

Puis-je me laver les mains comme Pilate ? Allez-vous prendre sur vous d'agir à cet égard?

"Complètement.

« Alors fais ce que tu veux.

"Ne vous inquiétez pas. Au revoir !

Routschouck est sorti. Maintenant, l'image de la mort hantait son esprit. Le désir de tuer bouillonnait dans tout son être. Il avait trouvé un prétexte pour assassiner l'homme qu'il haïssait.

* * *

Julien a quitté le village. Il avait dormi pendant près de vingt-quatre heures, mais chaque os de son corps lui faisait terriblement mal.

Une promenade au coucher du soleil ne ferait pas de mal.

Je commence à marcher. Il lui restait une partie d'une pilule de tabac et il a foiré une cigarette... Il pensait au monde qu'il avait laissé derrière lui, au collège, cette fille merveilleuse, sa mère qui dépérirait d'angoisse dans une banlieue de Sofia.

Laissait-il au bon endroit le nom de ce combattant de 14 qui était son père ?

Il avait combattu à Boghasi sans montrer la peur de la vague ennemie. Il avait vaincu sa terreur des corps abandonnés et mutilés.

Il avait appris à se battre !

Il se souvenait de sa formation au tir d'armes. Avant de créer les gangs de partisans, des tracts de propagande contre l'Axe avaient déjà circulé parmi les étudiants universitaires. Beaucoup ont été accrochés comme une prévision devant un gouvernement pro-nazi. Les étudiants, sous prétexte de vacances, arrivaient à l'endroit secret, entre les montagnes, où un Anglais leur apprit le maniement de toutes sortes d'armes. C'était un endroit en Turquie. Le commandement britannique avait envoyé comme organisateur Clem Gaëtan, un héros écossais bien connu qui avait combattu pendant un an avec la guérilla finlandaise contre les troupes soviétiques.

Bon gars, cet Écossais !

Il fredonnait souvent une chanson. Comment était cette chanson ?
Avait-il oublié ? Julien sourit. Oh non! Je me souvenais d'elle en détail :

Nous sommes l'Armée de Fred Karno.
Nous sommes inutiles !
On ne sait pas se battre, on ne sait pas tirer ;
A quoi diable sommes-nous bons ?
Et quand nous arriverons à Berlin, le Führer dira :
Quels gens inutiles !
Aïe ! Aïe ! Mein Gott !
Ce sont les Berzotas de la Cavalerie ».

Ah ! L'armée de Fred Karno ! Bon humour anglais !
Soudain, Julian interrompit ses méditations.
Il avait entendu le bruit des branches sèches.
Il était immobilisé.
Il a écouté attentivement.
Maintenant, le bruit des bottes clouées dans les sous-bois...
Qui cela peut-il bien être? Un ennemi?
J'étais désarmé ! Quel idiot il avait été ! Quittez le camp sans armes !
Il accéléra le pas. Puis ça s'est arrêté d'un coup.
Nouveau pas sur les branches.
Ils l'ont suivi !
Cette fois, il avait presque peur, vraiment peur.
Il commençait à faire sombre.

* * *

Lisa a caché son visage entre les oreillers. Quelque chose le rongeait et
déchaînait ses sentiments mitigés. Que lui arrivait-il réellement ? Était-il
possible qu'une femme comme elle, d'après son expérience, soit tombée
dans le piège ? Était-elle vraiment amoureuse de Nosdrev ?

Elle regarda sa montre. Chaque minute qui passait la rapprochait peut-être d'un pincement de conscience dont elle ne pourrait jamais se débarrasser.

Et elle avait soutenu la décision de Routschouck !

Peut-être qu'à cette époque, Julian Nosdrev n'existait plus.

Elle l'imagina mort, et cette vue l'amena au bord d'une nervosité désespérée.

Cet idiot de Routschouck !

J'avais quelque chose à faire! Je devais le sauver !

Mais... Et la politique ? Et la mission qu'il devait remplir ? Et qu'en est-il des Services Secrets, qui lui avaient accordé toute leur confiance ?

Tout s'évanouirait dès qu'elle bougerait un doigt pour sauver l'homme qu'elle aimait ou croyait aimer...

Il pensa au commandant SS bulgare. Cet homme déchaînerait toute sa colère sur elle. Personne ne s'était moqué de lui. C'était cinquante ans de mise en conformité, cinquante ans de formation d'agents et de collecte d'informations... Non ! Cela ne pouvait pas être détruit en quelques minutes simplement par la sentimentalité d'une femme agent...

Et pourtant, son cœur lui ordonnait d'agir selon sa conscience, sans regarder en arrière, sans chercher les conséquences...

Lisa Borgsen se leva et se dirigea vers la porte.

Il ne pouvait pas, il ne devait pas penser !

Il est parti. Il descendit rapidement les escaliers et sortit dans la rue.

Il descendit la route principale, sous les hangars. Là, dans le dernier pavillon, il trouverait le haut commandement des partisans. Un Serbe fier et grossier ! J'avouerais tout ! Je dénoncerais Routschouck !

Soudain, il se souvint d'Otto Oberq, le nazi, l'« Ornungspolizei » commandé par Hitler... La Gestapo allait se venger de cela.

Soudain, la jeune femme s'arrêta.

Qu'était-il sur le point de faire ? Quelle folie !

Il recula, revint sur ses pas, tenta de regagner son abri.

Soudain, au milieu de la rue, il se heurta à une guérilla.

Lui, souriant, la regarda de haut en bas.

"Bonjour ! Je te connais ! Ton visage me rappelle quelque chose...

« Laissez-moi tranquille ! Je suis pressé !

La jeune femme fit son chemin et s'enfuit.

Le guérillero s'est gratté la tête.

"Je la connais et je ne sais pas d'où... Voyons voir...

8

Julian Nosdrev s'arrêta. Devant lui se trouvait l'homme qui l'avait recherché. Roustchouck.

Le Roumain pointait sur lui un Luger noir. Julian regarda le canon noir de l'arme. Il avait peur. Ce doigt nerveux caressa la détente.

« Roustchouck ! Est-ce possible que ce soit toi ? Je te croyais accro à notre cause...

Le Roumain éclata de rire.

« Je ne me bats pas pour des causes perdues !

« Qu'est-ce que tu dis ? Que veux-tu ? C'est absurde que tu veuilles me tuer !

— C'est plus logique que tu ne le supposes, mon ami.

Julian recula de quelques pas.

"Je ne comprends pas!

« Arrête-toi là ! Je ne veux pas avoir à tirer à l'avance... J'aime te parler... Tu sais ?

« Et que gagnerez-vous de ma mort ? Cochon perfide !

"Ah ! Traître ? C'était le mot que j'attendais de toi. Le fait que je te trahisse est monstrueux... N'est-ce pas ? Ai-je raison ?

« En effet... Vous avez raison. Tu me dégoutes! J'ai la nausée rien qu'en te regardant, et si tu appuies sur la gâchette, tu m'éviteras de voir ton sale visage hypocrite.

"Ah ! Hypocrite ! Voici un autre mot curieux... Eh bien, je veux que tu meures de colère. Sais-tu qui travaille pour les nazis ? Sais-tu qui te trahit ? Oh ! Bien sûr que non ! Tu es malheureux et tu peux ne l'imagine même pas...

« Que diable voulez-vous dire ? Je ne comprends rien !

"Lisa Borgsen appartient aux services secrets et elle est ici à Agaesti...

« Misérable ! Vous mentez !

« Mentir ? Alors ça ? La vérité est si jolie !

Le doute a commencé à bouillonner dans le cerveau de Julian. Pas! Cela ne pouvait pas être vrai ! Routschouck mentait. Il voulait le faire souffrir avant la mort et il avait inventé ce chapelet de mensonges... Et pourtant... Pourquoi ? Pourquoi l'a-t-il tué ?

Julian vit que son ennemi était quelque peu distrait. C'était le moment. Il y avait un talus derrière lui. Il sauta au sol et roula.

C'était l'affaire de quelques secondes.

Routschouck a tiré.

Le son résonna dans la forêt.

Julian a couru désespérément à travers les arbres.

Il était toujours indemne !

Son ennemi se lance à sa poursuite.

Ils couraient tous les deux de toute la force de leurs jambes.

Julian cessa de haleter. Un nouveau coup de feu retentit et le projectile s'encastra dans l'écorce d'un arbre...

La forêt est devenue de plus en plus épaisse. Routschouck ne voyait presque plus le partisan. Il a continué à longer les arbres derrière lui.

« Tu ne t'échapperas pas, putain de chose !

Julian, couvert de sueur, se frayait un chemin à travers les sous-bois. Les branches et les plantes épineuses le blessaient dans diverses parties de son corps, mais dans son excitation, il le remarqua à peine. Il savait que le prochain coup atteindrait la cible et il était fatigué, épuisé, commençant à n'être que l'ombre de lui-même.

J'allais le rattraper !

Puisant sa force de nulle part, il continua sa fuite.

Il courut à l'aveuglette, se blessant la tête dans les branches basses, sans cesser de se retourner...

Elle est tombée et est remontée à nouveau.

Parfois, dans ces endroits luxuriants, il rampait à quatre pattes.

Il entendit les bottes de son ennemi. Lui aussi a dû s'empêtrer dans les buissons.

Bon dieu! Ça le rattrapait !

Il a de nouveau couru. Il était arrivé dans un endroit marécageux. La puanteur du marais était horrible et des vagues de moustiques lui tombaient sur le visage.

Il a éclaboussé dans la flaque d'eau.

Son ennemi approchait.

A tout moment, il réapparaissait là, derrière les buissons les plus proches.

Il s'est allongé dans une grande flaque d'eau. L'odeur nauséabonde de ces eaux allait l'étouffer.

Il a vu Routschouck. Il vacillait comme un imbécile. La fatigue avait voûté ses jambes.

Julian a plongé sa tête dans l'eau, après avoir fourni autant d'air que possible dans ses poumons.

Le Roumain avançait lentement.

Ses yeux perçants et perçants dardaient d'un côté du marais à l'autre.

Il entendit un bruit suspect et s'approcha de l'endroit où son ennemi, recouvert par l'eau boueuse, était parfaitement camouflé.

Soudain, il se sentit pris par les pieds et tomba à plat ventre.

L'arme est tombée dans l'eau.

En vain, il essaya de le prendre.

Soudain, des mains agrippèrent sa gorge.

Les deux hommes roulèrent dans la flaque avec des exclamations violentes et des gémissements pitoyables.

Julian frappa durement la mâchoire de son adversaire. Il est tombé à la renverse.

De nouveau, Julian se jeta sur lui, mais sentit une semelle à pointes se presser contre son ventre et le renverser d'un coup de pied puissant.

Ils se relevèrent tous les deux.

Ils étaient fous de douleur !

Maintenant, presque tous ses coups étaient perdus dans les airs.

Ils se rattrapèrent à nouveau et roulèrent au sol.

C'était un combat à mort !

Routschouck était fort et musclé. Julian dut donc faire passer le désespoir de ses nerfs avant la force brutale de son adversaire.

Ils se battaient de la manière la plus barbare, essayant d'atteindre avec leurs ongles les yeux et leurs pieds jusqu'au bas-ventre.

Enfin, tout semblait perdu pour Julian.

Son ennemi l'avait emprisonné entre ses genoux et ses mains osseuses lui serraient la gorge de toutes leurs forces.

Julian sentit sa vision se brouiller.

Peu à peu, les forces l'ont quitté.

Sa gorge le brûlait et ses poumons étaient sur le point d'éclater en morceaux.

Dans une tentative instinctive, une des mains de Nosdrev glissa dans l'eau. Ses doigts couraient activement dans la boue.

L'arme y était tombée !

Encore un effort !

Les doigts de Routschouck continuaient à lui serrer la gorge. Ces ongles étaient longs, pointus et la douleur lui faisait monter les larmes aux yeux.

Il serra les dents. Il a dû résister.

Finalement, ses doigts heurtèrent un objet métallique.

La chance ne le quittait pas encore !

Un coup de feu retentit.

Un battement d'oiseaux effrayés suivit le bruit de l'arme.

Routschouck, les yeux écarquillés, incrédule, terrifié, essaya de se relever.

Fixant toujours son ennemi, il recula. Il vacillait sans perdre l'équilibre...

"Pas pas!

Julian Nosdrev, toujours aux yeux rouges, a vu la masse sombre du Roumain, se balancer sur le point de tomber.

Puis, alors que sa clarté visuelle recouvrait, il découvrit chez le blessé la grimace d'une peur infinie.

Routschouck posa sa main sur son épaule droite, et lorsqu'il la tira en arrière, il vit la paume baignée de sang.

Il pensait que c'était une blessure mineure. En usant de ruse, il pouvait encore se sauver...

Cela valait le coup d'essayer !

« Ne tirez pas ! Je vous avouerai tout.

Nosdrev haussa les épaules.

Routschouck répéta cette supplication, l'horreur dans les yeux.

"Je vais tout te dire... ; mais ne tire pas.

Le Roumain était tombé à genoux et tout son corps tremblait énormément.

« Avouer ? Qu'est-ce que tu vas avouer ? J'en sais déjà trop !

« Le truc de Lisa Borgsen. C'est un mensonge qu'il soit ici, à Agaesti ; Je viens de l'inventer pour détruire ta tranquillité d'esprit... C'est tout faux...

Des idées tournaient dans le cerveau de Julian.

« Et pourquoi m'as-tu attaqué ? Pourquoi voulais-tu me tuer ? Qu'est-ce que tu faisais ?

« Je voulais retirer le leadership du groupe. Rappelles toi? ... J'ai toujours ... été jaloux de toi. Vous avez un don pour... les gens, ce qui m'a toujours manqué. Toujours entouré de... amis...

Routschouck toussa violemment. Ses dents claquaient. J'avais froid...

« Fidèles camarades... », a-t-il poursuivi. Je n'ai jamais su distinguer le sens d'une amitié sincère... Toujours à haïr, à envier tout le monde...

Julian Nosdrev fronça les sourcils.

"Essayez-vous d'éveiller en moi une certaine sentimentalité ? Je ne suis dans cette guerre que depuis quelques jours, mais je ne suis plus ému par rien. Vous m'avez trahi et je ne peux pas l'oublier. Vous avez voulu me tuer et mes paroles ne l'auraient jamais empêché. Maintenant tout ce que tu me dis est inutile. Je vais te tuer et tu le sais !

« Non ! Non ! Je vous jure sur le plus sacré... Je serai jugé... Ayez de la compassion... Respectez ma vie...

Julian Nosdrev eut un sourire amer.

« Respectez votre vie ? Une cour martiale vous l'accorderait-elle? Êtes-vous fou! Une balle nous évitera tous les tracas et vous n'aurez pas à vous pendre.

« Emmenez-moi au camp... Quelqu'un s'occupera de me défendre.

« Est-ce que tu as laissé quelqu'un me défendre ?

La colère a aveuglé Julian.

Il en avait marre de tant d'hypocrisie.

Les égratignures des ongles de Roustchouck lui remplissaient encore la gorge de douleur.

Impossible. Il ne doit pas hésiter !

Il a encore tiré.

Roustchouck poussa un cri déchirant et se plia en deux...

La balle avait touché son ventre.

Il posa les deux mains sur son ventre.

« Je meurs ! C'est affreux !

Roustchouck avait l'impression qu'un feu lui brûlait les intestins et le faisait gémir encore et encore.

Repentez-vous si vous croyez en Dieu. Votre vie se termine. Vous avez eu la punition que vous méritez.

« Cochon ! Délivre-moi de cette douleur ! Finis ton travail !

« Ce n'est pas mon travail, mais le vôtre !

Julian a tiré pour la troisième fois.

Roustchouck est projeté à terre, à reculons.

Un projectile avait percé son crâne.

Julian Nosdrev a regardé le corps pendant quelques minutes.

Il y avait sa victime, pliée en deux, voûtée comme une vermine, dans la boue puante de ces marécages sombres peuplés de moustiques.

Les corbeaux ne tarderaient pas à venir. Dès qu'il tournait le dos au marais, les oiseaux noirs descendaient se régaler, comme sur les champs de bataille. Putain de guerre ! Ils étaient tous aveugles !

Maintenant, le partisan désapprouvait son action. Était-il devenu si brutalisé ? Après tout, Roustchouck était un être humain.

Julian Nosdrev a commencé à s'éloigner de cette tourbière. Tout lui paraissait absurde. L'homme, la vie, la guerre et, surtout, le changement qu'il avait vécu avec un fusil à la main.

Pourquoi continuer à se battre ?

Il y avait la Bulgarie, le roi Boris, le Führer Hitler, le maréchal List et un labyrinthe d'hommes et d'armes.

9

« Et tu es sûr que c'était elle ?

Le partisan haussa les épaules.

« Comment puis-je en douter ? Un tel visage ne s'oublie pas facilement.

Julian Nosdrev faisait les cent pas nerveusement d'un bout à l'autre de la pièce. Il fumait une cigarette et l'inquiétude brillait dans ses yeux.

"C'est bon.

Julian regarda alors un homme d'apparence plus mûre, au visage flasque et satisfait, qui faisait preuve d'une vraie tranquillité. C'était le chef des partisans d'Agaesti.

« Alors ce que Roustchouck a dit était vrai !

« Ne précipitons pas les choses, ami Nosdrev... Nous n'avons aucune preuve contre elle. De plus, il peut y avoir d'autres espions en ville, et nous devons être prudents si nous voulons les attraper.

"Vous avez raison...

« Eh bien... avez-vous des idées ?

"Non. Elle est une agente de Sofia... et attend donc les confidences de Roustchouck pour les transmettre à la capitale.

"En effet, ça l'est. Mais... Comment pouvez-vous le prouver ?

« Il faut lui tendre un piège. Attrapez-la à son propre jeu. Chassez-la avec les mêmes armes...

"Qu'est-ce que ça veut dire ?

"J'ai écouté. Je pars en mission... apparemment. On va faire plusieurs faux documents...

"À quelle fin ?

"Ce seront des informations secrètes destinées au gouvernement grec et à ses troupes de résistance...

Nosdrev se dirigea vers une carte épinglée au mur.

61

« Nous allons tracer une route à suivre. Je partirai moi-même avec une patrouille pour me rendre au point X, où un maillon grec imaginaire m'attendra...

"Je comprends. Et à quoi bon cela fera-t-il?

« C'est le fondement du plan.

Julian s'approcha du bureau.

« Avez-vous un crayon et du papier ?

"Oui, tenez.

Nosdrev a commencé à écrire :

« En raison de circonstances puissantes, il m'est impossible de m'approcher de la ville. La mission d'éliminer Nosdrev est déjà accomplie. Vous n'avez pas à vous inquiéter. Maintenant, je dois vous donner une commande :

« Transmet sans perte de temps le rapport suivant :

Une patrouille quittera Agaesti demain matin. Ils portent des documents à remettre aux membres de la résistance grecque. Ils sont extrêmement importants pour nous.

Julian tendit le papier à son supérieur.

— Eh bien... fouillez les bagages de Roustchouck. Vous trouverez sans aucun doute quelque chose d'écrit de sa propre écriture. Demandez à un spécialiste de copier ce texte et un guérillero l'apportera à la maison où vit Lisa Borgsen. Il est également pratique qu'ils montent une surveillance. Peut-être tenterai-je de m'échapper, bien que je ne le pense pas, alors que j'imagine que je suis mort et que Roustchouck est encore vivant.

Julian Nosdrev sentit une tape dans le dos.

"Déçu... Pas vrai ?

"Oui.

« Tu l'aimais beaucoup ?

"Assez.

"L'amour n'est pas fait pour nous, croyez-moi... Nous n'avons pas le temps d'aimer...

"C'est vrai. Il n'y a pas de temps pour ce que les êtres humains normaux appellent des sentiments...

Et quel remède ? La guerre a remplacé mon cœur par un morceau de pierre... Qu'allons-nous faire ? Le monde est comme ça et nous ne pouvons pas le changer. Nous haïssons jusqu'à ce que cette haine devienne une nécessité extrême... S'il n'y a plus de sentiments, tant pis pour nos ennemis...

Nosdrev hocha la tête.

« Je partirai demain matin ! Choisissez des hommes bien !

"Vous aurez votre patrouille prête... Mais... Vous est-il déjà venu à l'esprit que dans cette tentative d'avoir une preuve contre Lisa Borgsen, vous pourriez laisser votre peau ?"

« C'est mon truc. Les hommes qui me suivront dans cette aventure seront des bénévoles. Ça vaut le coup d'essayer !

"Ah ! Ce sera sans aucun doute un spectacle extrêmement stimulant pour les hommes. Ce sera la première fois qu'une belle femme est exécutée comme espionne ici...

"Si nous prouvons sa culpabilité...

« Comment ? Tu doutes encore ?

"Oui. J'ai raison. J'étais amoureux. Déjà oublié ?

« Prenez des cigarettes pour le voyage. Vous en aurez besoin pour contenir vos nerfs...

« Je vais le faire. Merci !

* * *

Le camion filait à toute allure sur la route poussiéreuse, semée de nids-de-poule et hérissée de cailloux.

Au fur et à mesure qu'il avançait, ce véhicule laissait échapper le cliquetis de ses plaques métalliques, lâches de tous côtés, et le vrombissement de son vieux moteur...

D'une manière extrêmement rustique et improvisée, les hommes de Nosdrev avaient transformé le camion de ferme en véhicule blindé, si c'était ainsi qu'on pouvait l'appeler.

Ils avaient placé deux grandes plaques d'acier recouvrant la caisse de la même, à la manière d'un toit à double pente. Une mitrailleuse de campagne avait été postée à l'arrière et des meurtrières avaient été découpées dans les plaques pour le tir.

De cette façon, cet étrange appareil, qui ressemblait à une machine dans une période d'expérimentation, a été jeté sur cette route déserte et accidentée, en route vers un lieu imaginaire.

Le paysage était triste. D'un côté, la rivière, sur la rive éloignée de laquelle s'étendait le bras pierreux d'un cap, accidenté et accidenté, projetant dans l'eau une masse de roches rougeâtres recouvertes de terre sablonneuse et de hautes bruyères.

Dans le coude abrupt de la rivière, quelques kilomètres en contrebas, s'avançait un énorme rocher, où s'avançait les ruines d'une ancienne forteresse dominée par une tour, toujours debout...

De l'autre côté s'étendait une plaine caillouteuse, une prairie d'un vert pâle, s'élevant jusqu'aux montagnes à l'horizon...

Julian, assis à côté du chauffeur, était pensif. Il faisait de réels efforts pour maîtriser ses souvenirs. L'image de Lisa Borgsen le hantait constamment. Comment échapper à ce cauchemar ?

Il était absurde d'essayer d'oublier le passé, alors qu'il était encore frais dans l'esprit du jeune homme. Le souvenir de son « flirt » revenait avec toute son immensité romanesque, avec toute l'intensité affective, et il le hantait.

Il soupira profondément.

Il entrevoyait encore clairement les après-midi d'étudiants, quand la jeune femme lui prodiguait des caresses et des paroles prometteuses, auxquelles il n'était pas difficile de croire.

"Regardez là, patron...

"Qu'est-ce que c'est?

« Le château de Marrasis... Vous n'en avez pas entendu parler ?

"Non jamais...

«Maintenant, il ne reste que des ruines. Pendant la guerre d'Indépendance, une poignée de patriotes ont résisté à l'attaque d'Osmanlis pendant deux ans... Vous imaginez ? C'était une magnifique fortification !

"Endroit étrange!

« Très bien pour une embuscade. Ne pensez-vous pas?

"Peut-être!

« Vous pensez qu'ils vont nous attaquer ?

"C'est l'inconnu que nous devons clarifier...

Julian Nosdrev reprit ses méditations. Je souhaite qu'il ne se passe rien. Comme j'aimerais me tromper !

Si rien ne se passait, si la mission se déroulait bien, Lisa Borgsen lui sauverait la vie.

La justice des comitatjis échouerait !

Le camion a ralenti.

Nosdrev regarda le chauffeur.

"Que se passe-t-il?

« Cette route est presque impraticable. J'ai peur pour les essieux...

Julien a regardé par la fenêtre.

Rien. Des endroits désolés !

Calme partout !

« Vous ne pouvez pas voir une âme !

"Tu es sûr? Regarde là...

Au centre de la route se trouvait un homme avec une mitraillette à la main. Il portait un chapeau de fourrure, un pantalon de l'armée bulgare et des bottes mi-mollet.

Il y avait une cabane au bord de la route, faite de couvertures et de roseaux...

« Hé ! Qui sont-ils !

"Qui sait ...

"Ça diminue la vitesse.

La route formait une longue ligne droite. L'inconnu fit signe au véhicule de s'arrêter...

« Qu'est-ce qu'on fait, patron ? Est-ce que je dois arrêter ? Ces gars-là ne m'inspirent pas confiance ?

Cinq autres hommes étaient sortis de la cabane.

Il fallait une cinquantaine de mètres pour les atteindre.

Nosdrev a reconnu qu'ils portaient tous des vêtements de l'armée bulgare ...

« Ne vous arrêtez pas ! C'est peut-être un piège !

"Ce que je fais?

"Accélérer!

Le conducteur a appuyé sur l'accélérateur et le véhicule a rapidement augmenté sa vitesse.

Ces rares individus ont sauté dans le caniveau, poussant mille cris et jurons.

L'un d'eux avait tiré et ses balles ont éclaté le pare-brise. Ému de rage, il n'avait pu se contenir.

« Pourquoi n'avons-nous pas arrêté, patron ? Il n'y en avait que cinq !

« Nous ne pouvons pas le risquer. Cela pourrait être un piège. Je n'aime pas porter des étrangers dans mon dos.

« Avez-vous une idée de qui ils pourraient être ?

"Comment le savez-vous ? Peut-être n'étaient-ils que des déserteurs qui voulaient nous rejoindre...

Le camion a continué sa route. Dans le tiroir du fond, les partisans scandaient et plaisantaient sur ce qui s'était passé.

Magnifique moralité de ces hommes !

La route continuait à s'allonger à travers une vaste plaine, une ligne droite qui se perdait à l'horizon...

"Restez calme, patron...

"C'est comme ça. De toute façon, la plaine peut toujours nous réserver une mauvaise surprise...

"C'est vrai. Je me souviens d'une fois...

"Tais-toi ! Qu'est-ce que c'est ?

Le chauffeur regarda l'endroit indiqué par Nosdrev.

« C'est un avion !

"Quoi?

Il y avait un bourdonnement dans l'air.

Un biplan est apparu dans l'espace.

« Mitrailler nous ! " A crié le chauffeur harcelé par une panique énorme et soudaine.

« Ne sois pas stupide ! Tu ne vois pas que c'est un avion de reconnaissance ?

"Un avion?

« Bien sûr. Restez ferme au volant !

Le chauffeur appuya à nouveau sur l'accélérateur.

L'avion a perdu de l'altitude et s'est dirigé vers le véhicule comme un oiseau de proie.

« Hé ! Où va ce pilote ?

L'engin est passé bas au-dessus du véhicule. Le conducteur a perdu sa direction et a freiné.

Le camion a été laissé avec deux de ses roues dans le fossé, inclinées, tandis que ses occupants l'ont abandonné, craignant qu'il ne se renverse.

L'avion a évolué comme s'il observait le groupe puis il s'est éloigné à l'horizon.

Pendant ce temps, les partisans maudissaient le chauffeur pour sa maladresse...

10

Non sans beaucoup d'efforts, les douze partisans qui composaient la patrouille sont venus mettre le véhicule en place. Cependant, ses mésaventures ne s'arrêtent pas là...

Dès que le camion a repris sa route, quelqu'un a crié :

"Les voilà!

Julian a dirigé ses jumelles vers cet endroit.

« Par tout l'enfer ! Qui sont-ils maintenant ?

Le jeune homme avait distingué un groupe compact de cavaliers qui les attaquaient...

« Attention ! Tout le monde est prêt ! Ils nous attaquent !

Julian surveillait ses ennemis. Je pouvais voir leurs casques et uniformes verdâtres ...

« Ce sont les Hongrois !

« Hongrois, patron ?

"Oui. J'avais entendu parler d'eux... Leurs régiments de cavalerie sont devenus célèbres...

« On tire maintenant ?

« Non ! Qu'ils s'approchent !

Le camion a continué sa route.

A l'arrière, derrière les plaques d'acier, les partisans préparaient leurs fusils pointés vers les meurtrières...

Deux d'entre eux préparaient la mitrailleuse arrière.

Julián a sorti une mitraillette qu'il avait cachée sous le siège de la cabine et l'a plantée par la fenêtre.

« Prêt ! Aiguisez votre objectif !

Les cavaliers approchaient au grand galop.

Habiles au plus haut point, les soldats ont tiré leurs armes sur la voiture de leurs adversaires...

Julian attendit encore quelques secondes.

Ils s'apprêtaient à tirer !

C'était le moment !

"Feu!

Les détonations résonnaient dans l'espace.

A la première volée, plusieurs chevaux ont perdu leurs cavaliers...

Des cris d'enthousiasme montent de la gorge des partisans...

Le chauffeur appuya sur l'accélérateur.

Le moteur hurla. Il semblait devoir exploser.

Les assaillants avaient été laissés pour compte.

Maintenant, le groupe de soldats hongrois les poursuivait à une vingtaine de mètres.

« La mitrailleuse !

Le pistolet se mit à vomir son chapelet de balles avec un râle diabolique et incessant.

Cette fois, les projectiles ont abattu des soldats et des montures.

Cela a semé la confusion parmi les assaillants.

Ils se sont éloignés du champ de tir des mitrailleuses, afin de se réorganiser...

« Je pense que nous pouvons nous débarrasser de celui-ci ! s'exclama Julian en plaçant un nouveau peigne sur son arme.

Le chauffeur soupira en secouant la tête.

« Ne le croyez pas ! Regardez devant vous !

"Quoi?

Plusieurs cavaliers ont attaqué le fourgon du camion.

"Feu!

Julian a tiré à travers le pare-brise. L'un des cavaliers, touché en plein crâne, tomba à la renverse, sa botte prise dans l'étrier. Le cheval sauvage l'a traîné à travers le pré...

Une pluie de balles est tombée sur la cabine du véhicule.

Le chauffeur a crié et est descendu du volant.

Il était criblé !

Julián, qui s'était sauvé d'une mort certaine en s'accroupissant sous le gros du moteur, a sauté pour prendre les commandes du camion, ce qu'il a fait à plusieurs reprises avant de reprendre la direction.

« Ils reviennent ! Feu!

Une nouvelle volée ralentit l'avancée des chevaux.

Des soldats, tués par balles, sont tombés au sol.

Les cavaliers s'étaient rendu compte de la difficulté d'approcher ces hommes bien protégés par l'arrière, notamment à cause de la mitrailleuse.

Soudain, Julian a claqué sur les freins, mais néanmoins le véhicule a dérapé avec un crissement de roues et a heurté un rocher.

Le chef des partisans sortit de sa cabine et se coucha par terre, la mitrailleuse à la main.

« Ne laissez personne quitter votre site !

Beaucoup de soldats ont mis pied à terre et, sur l'ordre d'un officier, ils se sont approchés, courbés, se cachant dans quelques irrégularités du terrain, à une courte distance de la route.

"Feu!

Une volée fermée tomba sur les plaques d'acier.

La réponse des comitatjis a été immédiate.

Des museaux de fusil dépassant des meurtrières portaient trois Hongrois en avant.

La mitrailleuse claqua à nouveau.

Les soldats ont dû la faire taire !

Un casque glissait sur le sol. Julian lui a tiré dessus à plusieurs reprises, en vain.

Le soldat se leva. Maintenant, c'était plus qu'un simple casque. Un paquet humain léger et glissant.

« Celui-là ! Tire sur celui-là ! Prends une grenade !

L'avertissement est arrivé tard. Le soldat a couru en zigzag, et avec un effort suprême, il a lancé la grenade.

Julien le rattrapa, et la force de son bras diminua avec la griffe de la mort...

Le soldat est tombé face contre terre et la grenade a explosé à un pas du véhicule...

Julian Nosdrev a vu ce qui allait se passer.

La clôture se resserrait !

« Tout le monde dehors ! Rapide !

Les hommes ne comprenaient pas.

"C'est un ordre ! Tout le monde à terre ! Le camion va exploser !

Cette fois, la commande fut immédiate. Les comitatjis ont abandonné le véhicule et se sont jetés à plat sur le sol pour se protéger.

Un choc a aveuglé la vie de quatre d'entre eux.

La situation est on ne peut plus critique.

***

Lisa Borgsen a allumé une cigarette. Ses mains tremblaient. Elle inhala la fumée pensivement. Devant son petit appareil émetteur, il resta un instant immobile. J'avais vraiment peur et la nouvelle n'était pas étonnante :

Oncle Anastase est mort. Venez voler.

C'était le signe de danger. Quelque chose n'allait pas ou sa vie était en danger...

Il devait partir !

Lisa Borgsen se dirigea vers l'endroit où se trouvait sa valise. Il l'ouvrit, le fouilla quelques secondes...

« Voilà ! Mon bon ami... !

Il sortit un pistolet et l'examina attentivement. Il sortit le chargeur pour le vérifier et le remit en place.

Tout était prévu si cette affaire arrivait !

Il fuirait, abandonnerait cette ville et la mission qui l'y avait amené.

Maintenant, tout était déjà inutile !

Seule la tentative de sauver sa vie est restée. Il traversait les bois au milieu de la nuit, essayait de se rendre à la base aérienne...

Si seulement il pouvait voler un véhicule !

Maudits partisans !

Il mit le pistolet dans la poche de son manteau et fouilla à nouveau dans la serviette. Maintenant, il a sorti une petite boîte en métal. Quand je l'ai ouvert, les capsules sont apparues...

Il en prit un entre ses doigts.

Fragile et léger comme un caramel.

Il pouvait être conservé dans la bouche, et ce n'est que lorsqu'il était coupé avec les dents que le poison apparaissait.

La mort a été instantanée.

Oui. Telles étaient les instructions qu'il avait reçues de ses patrons. Elle savait beaucoup de choses. Elle était même au courant des détails concernant les principaux secrets militaires.

Si elle était prise, elle ne pouvait pas douter.

Il est allé à la fenêtre.

La rue était déserte et il pleuvait à torrents. Les filets de l'eau se faisaient entendre sur les carreaux et sur les fenêtres...

Devoir sortir avec ce temps-là !

Elle mit son manteau, noua un foulard sur sa tête et ouvrit la porte de la chambre.

Personne n'était visible dans les escaliers.

C'était le moment.

Il descendit lentement, pas à pas, avec les cinq sens attentifs...

La pluie s'intensifiait par moments et les rayons illuminaient l'espace...

Lisa atteignit le bas des escaliers.

Soudain, ça s'est arrêté !

Quelqu'un s'était déplacé près de la porte.

Ses doigts cherchèrent machinalement l'arme cachée dans la poche de son manteau, et sans la sortir, elle la caressa, histoire de lui redonner confiance en elle.

Il sortit dans la rue et fut surpris de ne voir personne.

Peut-être que tout cela n'avait été que son imagination !

Il s'installe sous les porches.

Au-delà, des voix et des chants pouvaient être entendus.

Ce doit être la taverne.

« Élevé ! Calme là !

Lisa regarda l'endroit d'où venait la voix.

Un partisan, tout habillé, pointait un fusil sur elle...

"Que se passe-t-il?

"Documentation.

Lisa l'observa un moment avant d'obéir.

« Pourquoi ? Que se passe-t-il ?

« Documentation ! Rapide !

Lisa a fouillé ses effets personnels.

Voici mon passeport.

« Ah ! Étranger ?

"Oui.

"Grec?

« Il ne sait pas lire ?

"Tout semble être en ordre. Une autre femme habite-t-elle dans cette maison ?

« Pourquoi ? Que s'est-il passé ?

« J'ai un ordre d'arrêter Lisa Borgsen. Est-ce que tu la connais ?

Lisa secoua la tête.

« Eh bien... vous pouvez y aller !

La jeune femme reprit sa marche. Il n'avait pas encore fait beaucoup de chemin, lorsque la sentinelle ordonna :

« Écoutez ! Revenez ici !

Le partisan avait comparé sa description aux traits de la jeune fille. Comme deux gouttes d'eau ! Il n'y avait aucun doute ! Les documents étaient faux !

Lisa s'est rendu compte qu'elle avait été découverte et a commencé à courir.

La sentinelle hésita quelques secondes avant de la suivre. Puis c'est décidé...

« Haut ! Arrêtez ou je tire !

Lisa l'ignora. Ils n'ont pas pu l'attraper !

Il a continué à courir dans la rue.

Il se retourna.

La sentinelle le rattrapait.

Une trombe leur tomba dessus et leurs pieds glissèrent sur les pavés.

Lisa a pointé son pistolet sur le partisan et a tiré presque à bout portant...

La sentinelle roula sur le sol pavé. Il s'allongea face contre terre, immobile, tandis que la pluie déchaînait sur lui toute la fureur de ses filets liquides.

"Haute!

Il y eut une autre voix et un nouveau bruit de bottes sur le sol mouillé de la rue.

Lisa a recommencé à courir.

Un partisan a pointé son fusil sur elle.

Cela ne pouvait pas échouer.

Quelqu'un a baissé l'arme sur lui.

« Encore ! Nous devons l'attraper vivante !

11

Les combats avaient pris un aspect alarmant pour les partisans. Les balles avaient tué six des hommes, et les six autres étaient comme des jouets d'un combat clairement perdu...

Ces Hongrois au service du Führer se multipliaient à la minute près.

Une grenade a fait exploser le camion en mille morceaux. Les flammes se sont mélangées à des panaches de fumée noire et le bruit de l'explosion a été entendu à plusieurs kilomètres. Les réservoirs d'essence étaient pleins...

« Ils sont piégés ! Rendez-vous !

C'était un avertissement clair d'un officier.

L'un des partisans dévisagea Nosdrev, cherchant sa décision...

"Tu es le patron. Qu'est-ce qu'on fait ?

"Je ne sais pas quoi faire. Ils nous achèveront de toute façon.

« Vont-ils nous tuer si nous nous rendons ?

«Il est logique qu'ils le fassent.

"Pourtant...

« Ne le contourne pas, mon garçon. Nous n'avons pas de drapeau ni d'uniforme et cela équivaut à être fusillé comme espion.

« Et si nous ne nous rendions pas ?

« Nous avons à peine la force de tirer !

"Ce n'est pas tout. Les munitions s'épuisent.

Et ils sont nombreux. Ils nous entoureront et nous mourrons abattus... Il n'y a pas d'échappatoire possible. En tout cas, si nous nous rendons, certains d'entre eux peuvent sauver leur vie s'ils les utilisent comme échange...

"Un marché ?

« C'est. Nous avons des prisonniers nazis. Qui sait si les choses tourneront en notre faveur ?

"Nous essayerons !

La voix d'un officier a répété l'avertissement.

« Abandonnez-vous les mains en l'air ! Il est absurde qu'ils essaient de résister. Ils sont entourés !

Les Hongrois virent apparaître Julian Nosdrev, les mains sur la tête, avançant lentement vers ses ennemis, suivi de quatre de ses hommes...

Et le sixième se laissa envahir par la peur et s'enfuit, courut follement, abandonnant son fusil...

Les soldats ont tiré.

Il ne fit que quelques pas.

Ils l'ont laissé au sec.

* * *

Lisa Borgsen était perdue. Il a tiré à nouveau plusieurs fois avec son pistolet, mais ses balles ont été perdues en l'air.

Ses poursuivants l'avaient encerclé.

Quelqu'un a commandé :

« Ne lui tirez pas dessus ! Vous devez l'attraper vivante !

Soudain, Lisa sentit une étrange main lui tordre le poignet, la faisant lâcher l'arme.

Sept partisans lui tombent dessus.

"Sorcière ! Tu ne t'échapperas plus !

Ses mains étaient liées derrière son dos.

Un comitatji la gifla.

« Vous avez tué un camarade ! Allez au diable!

Lisa avait peur.

Ils lui avaient craché au visage.

Pour la première fois, il réalisa ce que cela signifiait. Ces mots de mépris, ces humiliations ont vite éclipsé sa fierté.

Maintenant, elle ne se sentait même plus comme une femme, la femme forte et fatale qui poussait les hommes à mort et qui contestait les services d'espionnage des pays belligérants.

Une cave avait été aménagée à Agaesti comme cachot de punition. En bas, l'humidité était si intense que de la mousse apparaissait sur les pierres des murs. Barré, la seule petite fenêtre, cet endroit malodorant était plongé dans une obscurité profonde.

Lisa Borgsen est restée seule. Ses vêtements empêchaient à peine le froid. Ses geôliers lui avaient pris son manteau puis, en signe de trahison en rejoignant les nazis, lui avaient coupé ses longs cheveux.

Ainsi passèrent trois heures.

Ensuite, le geôlier a fait entrer quelqu'un.

La silhouette d'un homme grand et mince apparut dans l'embrasure de la porte. Puis la porte grinça à nouveau en se refermant.

Lisa regarda l'individu étrange s'approcher lentement d'elle...

« Puis-je vous parler quelques minutes ?

"Qui es-tu?

« Je serai chargé de la défendre au procès.

« Me défendre ? Est-ce que quelqu'un va me défendre ?

« C'est comme ça. Nous, les comitatjis, voulons bien faire les choses. Nous ne sommes plus dans la Première Guerre européenne. Ils vont l'exécuter avec tous les honneurs. Oh ! nous serons scrupuleux pour une fois dans notre vie... Sinon... Que diraient nos amis, les Anglais et les Russes ?

« Je comprends... Et de quelle manière allez-vous me défendre ?

"Je ne sais pas encore. Je suis étudiant en droit. Le droit bulgare, bien sûr...

"Naturellement.

« Par conséquent, j'ignore les lois qui sont valables ici et celles qui ne le sont pas... Il faut suivre le bon sens.

"Bon sens?

"C'est.

"Alors tu ne peux pas faire grand-chose pour moi...

« C'est vrai, vraiment. Vous avez assassiné l'une de nos sentinelles et fait rapport à nos ennemis. L'affaire ne pouvait pas être plus laide. Il n'a qu'à épouser Hitler !

« Ses blagues ne sont pas du tout drôles. Avez-vous trouvé l'émetteur ?

La voix de Lisa tremblait. J'étais terrifié à l'idée de me pendre...

"Naturellement. Ils ont fouillé sa chambre centimètre par centimètre.

« Alors, je te suggère de partir et de me laisser tranquille. Il ne peut rien pour moi...

« Je vais essayer, malgré tout. Je vais penser à quelque chose.

L'étrange type est sorti du donjon. Encore une fois, la jeune femme a été laissée seule dans le noir. Les mains jointes devant son visage, elle sanglota longuement...

« Je ne veux pas mourir ! Je ne veux pas !

Dehors, les partisans, aveuglés par la haine, se disputaient s'il valait mieux la pendre par le cou ou par les pieds et la mitrailler dans cette position.

Vraiment... Qui pourrait savoir ce qui se passerait réellement ?

* * *

Otto Oberq déboucha une bouteille de "Dukat Erzeugnis" et remplit un verre. Puis l'Allemand blond observa ses cinq prisonniers, debout dans un coin, les mains liées dans le dos. Tout noir ! factions latines, factions turques, traits serbes et juifs... Ah ! Les cochons!

Courses inférieures ! Lui seul, un aryen... appartenait à la race supérieure. Ses traits étaient parfaits ! La vraie, la vraie race blanche ! Les autres étaient des spécimens d'une race dégénérée !

« Un verre, les amis ? Ah ! c'est une liqueur trop délicate pour vos sales gosiers !

L'Allemand sirota le liquide. Elle lui a été expressément envoyée par un marchand bavarois...

"Oui. C'est peut-être vrai..." continua-t-il : Les documents ont dû brûler, sans aucun doute, dans le camion... N'est-ce pas ?

L'Allemand a giflé l'un des partisans au visage. Le nez aquilin du guérillero se mit à couler du sang et le liquide visqueux inonda la barbe du prisonnier...

Voyant cela, Julian Nosdrev a crié :

« Laissez-les ! Je suis le chef du groupe !

Otto Oberq parut surpris par celui qui avait parlé. Ah ! C'était vraiment un brave gars...

Il attrapa Julian par sa chemise jusqu'à ce que son visage rougisse...

« Alors tu es responsable ?

"C'est comme ça.

"Quel est ton nom?

« Nosdrev ! Julien Nosdrev !

« Par le diable ! Votre nom me semble familier... Vous devez être un bon morceau... N'est-ce pas ?

« Laissez-les leur faire... Lâchez mes hommes et nous parlerons calmement... Ils ne savent rien...

« Tant pis ! sergent !

"Dites monsieur...

Un officier hongrois avait levé la main sur ses talons. Otto Oberq l'observa un instant...

« « Erfüllen die ornung ! Schnell ! "

Avec un nouveau clic, l'officier s'éloigna.

Quelques secondes plus tard, plusieurs soldats sont entrés, ont détaché tous les prisonniers à l'exception de Julian et les ont emmenés.

Otto dévisagea Nosdrev.

« Eh bien ! Pouvons-nous parler calmement maintenant ?

« Qu'allez-vous faire de mes hommes ?

"Ah ! Ne t'inquiète pas... je te libère !

« Que diable avez-vous ordonné à cet officier ?

"Comment ? Tu ne comprends pas l'allemand ? Je te croyais plus intelligent. Rien que pour ça tu mérites déjà d'être fusillé...

Le nazi se dirigea vers la table et se versa un autre verre.

Puis il s'est de nouveau approché de Julian.

« Eh bien, mon ami... Que me disiez-vous à propos des documents ?

« C'était un rapport secret destiné aux troupes de la résistance grecque...

« Vous connaissiez son contenu... Parlez !

Le cliquetis des mitrailleuses entendu à ces moments-là interrompit les deux interlocuteurs.

Terrifié, Julian refusait de croire à son imagination.

"Ca c'était quoi?

Otto Oberq sourit :

"Rien ne vous inquiétez pas...

"Rien?

Julian serra les mâchoires. Ses mains ont fait craquer les cordes qui l'emprisonnaient... Il s'était blessé aux poignets... Il lança un regard noir à l'Allemand et ses yeux étaient remplis de larmes et de sang.

« Maudit ! Vous les avez fait tuer !

« Et à quoi vous attendiez-vous ?

« Vous n'avez rien gagné à cela.

« J'ai l'ordre de les exécuter. Ce sont des ennemis du roi et des pays de l'axe. Espions, partisans, bandits !

"Tu oublies que je fais partie d'eux...

Le nazi sourit cyniquement. Il regarda le partisan.

« Pauvre misérable !

« Pas autant que vous l'imaginez !

"Que veux-tu dire?

« Ces documents n'existent pas et n'ont jamais existé.

« Vous mentez ! Et je me charge de vous faire avouer... Connaissez-vous la baignoire ? Personne ne refuse de parler après l'avoir essayé.

"Qu'est-ce que tu dis?

« Je vais vous plonger dans une baignoire fermée avec une balustrade. Ensuite, je vais progressivement chauffer l'eau... Vous allez lâcher votre langue !

« Je ne pourrai pas vous dire ce que je ne sais pas. Juste au cas où, écoutez la vérité maintenant... C'était un piège. Nous avions besoin de preuves contre Lisa Borgsen... Si elle transmettait le faux rapport, sa culpabilité était exposée...

« Lisa Borgsen ?

Otto Oberq commença à comprendre. Cet homme ne mentait pas.

"En effet. Sans doute, à ce moment-là, elle a déjà été arrêtée. Ils vont l'interroger, ils vont la sécher... et ne font pas confiance à Roustchouck pour la faire taire. Ce traître est mort...

L'Allemand marchait nerveusement d'un côté à l'autre de la pièce. C'était trop de données. Trop de détails.

Julien continua.

« Votre organisation échouera si elle parle. Tous les détails des services secrets nazis en Bulgarie seront connus. Les noms et les données iront aux mains du contre-espionnage allié...

« Nous allons aussi vous extraire des secrets !

"A moi ? Ne sois pas naïf. Je suis dans les Balkans pour me battre, pas pour jouer aux espions... Je vais te faire une proposition...

« Une proposition ? De toi à moi ?

"C'est comme ça. Je propose un échange.

« Quel commerce ?

« Lisa Borgsen contre moi.

« Et vos compatriotes accepteront-ils ?

« Rien ne se perd en l'essayant.

Otto Oberq, très agacé, la voix tremblante de colère, quitta la pièce.

Julian Nosdrev a joué la dernière carte pour lui sauver la vie.

Leurs compagnons accepteraient-ils ?

Sans aucun doute, cet échange se ferait dans un délai de vingt-quatre heures...

Il ne restait plus qu'à attendre...

12

L'échange a eu lieu douze heures après l'interrogatoire de Nosdrev. Dès qu'Otto Oberq eut des nouvelles de ce qui s'était passé à Agaesti, il s'empressa de préciser les conditions du changement avec les chefs partisans.

La rencontre devait avoir lieu dans ce qu'on pourrait logiquement appeler le no man's land...

C'était un endroit dans les Balkans, un plateau atteint par une gorge étroite, un endroit qui autrement aurait été idéal pour une embuscade.

Et cet endroit avait une histoire. Un siècle plus tôt, pendant la guerre d'Indépendance, les Russes avaient tendu une embuscade aux Turcs, qui décidèrent de leur victoire dans ce secteur.

C'était l'heure convenue.

Une voiture est arrivée, une voiture blindée pour terrain montagneux, pleine de svastikas et occupée par une patrouille allemande...

Julian Nosdrev a été retiré du véhicule.

Otto Oberq fumait nerveusement une cigarette.

« Eh bien, Nosdrev... tes amis ne sont pas encore arrivés ?

« S'ils vous ont donné votre parole, ils viendront, ne vous y trompez pas...

L'Allemand regarda autour de lui.

Sur cette plaine fusiforme, de hautes montagnes flanquaient un sol caillouteux plein d'herbes épineuses et de buissons sablonneux.

"Une cigarette ?

"Pourquoi pas ?

Les mains de Julian étaient liées par des menottes en métal. Par conséquent, le nazi a placé une cigarette entre ses lèvres et l'a allumée.

Le partisan lui jeta un coup d'œil.

« Pourquoi est-il si gentil avec moi ?

« Que puis-je faire d'autre ? Lui donner un coup de pied ne me fait plus le moindre plaisir.

« Laissez-moi en douter, mon « herr » ennemi...

Le nazi sourit.

"Dis-moi... Pourquoi tu te tues en nous combattant ? Que se passe-t-il ? Lui avons-nous personnellement fait quelque chose ? Tu ne me feras pas croire que tu es un simple idéaliste...

« Et en quoi cela serait-il étrange ?

« Je ne sais pas. Tu es gentil avec moi, un gentil ennemi, si ça existe. Comprend ? Je pense que tu es là pour t'enrichir au prix de la guerre... Combien de butin as-tu déjà accumulé ?

Même si tu peux me manquer et te décevoir, je suis ici pour vaincre les nazis... Ce que tu as dit...

De purs idéalismes !

« Est-ce que ça existe vraiment ?

"Existe.

Et y a-t-il des gens aussi naïfs ? A la fin de la guerre... qui se souviendra de vous et combien vous en avez fait ? Vos propres enfants l'oublieront même si vous le répétez mille fois... Des histoires d'idéalistes ! C'est la chose la plus absurde que j'aie jamais entendue, et je vais vous donner quelques conseils. Faites comme moi et comme Lisa Borgsen. Quand la guerre sera finie, nous serons riches. Ce n'est pas pour rien que nous aurons échangé avec la folie des hommes. Bon butin ! C'est se battre pour quelque chose de positif... Vous comprenez ?

"Oui...

"Et bien?

"Je suis désolé pour toi.

La conversation a été interrompue. Une jeep venait d'arriver. Sur le moteur, il y avait des initiales : « FLB », ou Forces de libération bulgare, un petit groupe d'idéalistes qui entreraient dans l'histoire en tant qu'agrégation anonyme des bandes de guérilla roumaine et serbe.

Plusieurs partisans descendirent de la voiture, leurs fusils prêts à toute surprise.

Lisa Borgsen était là.

J'étais pâle, émacié...

Les deux groupes se trouvaient à une centaine de mètres de distance.

Il n'y avait pas de place pour la tricherie ou la tromperie.

L'un des partisans a porté un mégaphone à sa bouche et a crié :

« Attention ! Nazis ! Vous m'entendez ?

Dites n'importe quoi !

"D'accord... Nous allons tous les deux libérer les prisonniers en même temps, et ils avanceront vers leurs camps respectifs... D'accord ?"

"Très bien ! répondit Otto Oberq. Allez-y !

Un de chaque côté, Julian Nosdrev et Lisa Borgsen sont partis en sens inverse.

Les deux groupes se regardaient avec méfiance.

Lorsque les deux jeunes hommes se sont rapprochés, se croisant, ils se sont arrêtés. Ils avaient besoin d'échanger quelques mots...

« Lise !

"Julien!

"Parce que tu l'as fait ? Pourquoi m'as-tu trompé ?

"Ne m'écoute pas. C'était fou...

"Et tu m'as trahi...

« Vous ne savez pas combien j'ai regretté après ça. Dans un cachot, à Agaesti, j'ai eu le temps de méditer... J'ai été guidé par le matérialisme, je me suis laissé entraîner dans les réseaux d'espionnage et maintenant je vois que la seule chose que j'ai accomplie est de détruire mon bonheur.

« Et tout ce que tu m'as promis pendant mes années d'étudiant ? L'amour que tu m'as juré ? Nos projets, nos espoirs... Tout était-il faux ?

"Pas tout... j'en suis venu à croire à mon propre mensonge...

"Je t'ai aimé...

"Et je pense aussi...

« Nous nous reverrons... N'est-ce pas ?

« Qui sait. Cette guerre sera longue... A quoi bon si nous nous reverrons ?

"Oui. Tu as raison... on ne pourra jamais effacer le passé...

"Au revoir...

"Chanceux!

Les prisonniers continuaient de marcher.

Il y avait déjà un peu de chemin des deux côtés.

La mission était terminée. Lisa Borgsen échangea quelques mots avec Otto Oberq et monta dans le véhicule...

Julian Nosdrev a soupiré lorsqu'il s'est retrouvé parmi ses camarades...

« Avez-vous été torturé, patron ?

« Ils n'ont pas réussi à le faire.

« Je suis content... Ils auront leur part.

"Que veux-tu dire ?

Le partisan sourit.

"Vous voyez... Là, parmi ces rochers, il y a l'un des nôtres avec un détonateur... Délibérément, une forte charge explosive a été placée sur la route...

Julian Nosdrev, surpris par cette nouvelle, s'est exclamé :

« Pauvre Lisa !

Le véhicule nazi a tourné et accéléré, la marche. Ses fermetures éclair glissèrent, soulevant la poussière du chemin sinueux.

L'un des partisans vérifiait sa montre.

« Presque là ! Vous arriverez bientôt au bon endroit !

Soudain, l'explosion retentit.

Seuls des morceaux de ferraille et de fer tordu restaient sous le panache de fumée noire.

Nosdrev fixait l'endroit et pensait que la guerre, cette guerre qui devait ravager le monde, de l'Europe à l'Asie, ne faisait que commencer.

Puis, comme dans une prière, il murmura :

« Que Dieu lui pardonne !

La « jeep » des partisans s'élança jusqu'à se perdre sur la route étroite et sinueuse des Balkans, nid et repaire des éternels et légendaires comitatjis.

FINIR

88